강마을에 묻힌 서사

강마을에 묻힌 서사

발행일	2026년 4월 23일

지은이	서태수
펴낸이	손형국
펴낸곳	(주)북랩

출판등록	2004. 12. 1(제2012-000051호)
주소	서울특별시 금천구 가산디지털 1로 168, 우림라이온스밸리 B동 B111호, B113~115호
홈페이지	www.book.co.kr
전화번호	(02)2026-5777	팩스	(02)3159-9637

ISBN	979-11-7598-257-4 03810(종이책) 979-11-7598-258-1 05810(전자책)

본 도서는 (주)북랩이 보유한 리코 인쇄 장비 등 자체 생산 인프라를 통해 제작되었습니다.

작가 연락처 문의 ▸ ask.book.co.kr

전용 게시판에 문의를 남기시면 저자에게 직접 전달됩니다.

(주)북랩 성공출판의 파트너

북랩 홈페이지와 SNS에서 다양한 출판 솔루션을 만나 보세요!

홈페이지 book.co.kr   •   **블로그** blog.naver.com/essaybook   •   **출판문의** text@book.co.kr

카톡채널 북랩

본 도서는 2026년 부산광역시, 부산문화재단 〈부산문화예술지원사업〉의 지원을 받았습니다.

강마을에 묻힌 서사

서태수 지음

북랩

　평생 낙동강변에 살면서 강마을 서정을 천착하는 내 문학의 중심은 〈낙동강 연작시조〉다.

　주류 업종은 시조時調이지만 멀티 창작을 지향하여 수필, 평론도 겸한다.

　미학적 창작이론에 입각한 예술수필을 집중하는 과정에 나도 모르게 수필도 내 창작의 주류 양식으로 편입되었다.

　2000년대 초입, 소용돌이 물길 정화를 위한 산문정신의 발현으로 동물 제재 연작의 '장연시조長聯時調'와 판소리 사설 풍의 장시조를 대량 발표한 적이 있다.

　비주류 장르의 비주류 형식이라 관심은 강변 작은 둠벙 속의 파장으로 머물렀다.

　이번 수필집은 이 동물 시조들을 묶고 풀고 첨삭해
서 각색했다.

　수필 문단의 새로운 시선을 위해 제재, 형식, 문체의
외연 확장을 꾀했다.

　현대를 사는 독자에게는 강물처럼 흥청거리는 해학
과 풍자의 고전적 감흥을 담은 특별한 수필 작품을 선사
하고자 한다.

2026. 늦봄.

서낙동강 끝자락 청락헌聽洛軒에서

서태수

차례

제2부 이웃사촌

제3부 불청객

제4부 물앙금

제1부

동거족
同居族

자욱히 안개 깔린

샛강변 새벽 들녘

주인 따라 산책 나선 우리집 골목대장

여기 찔끔 저기 찔끔 구석구석 집적대다 비닐하우스 입구를

지키고 앉은 지푸라기 뭉치 같은 강아지 앞에 코를 디밀었다

반 토막도 안 되는 녀석 벌떡 일어서더니 아-르-릉! 잽싸게

물어뜯고는 온몸으로 앙앙거린다

뭉툭한 콧잔등에 흥건히 적시는 피, 뚝뚝 듣는 핏방울에 꼬

리까지 내리고는

웬일로, 아무런 불평 없이 힐끔힐끔 눈치보며 물러서는 골

목대장

바깥의 소란에 풀꽃 같은 젊은 내외 배추 모종 손에 든 채

밖으로 나와 미안해 한다

강아지가 새끼를 낳았단다 그랬구나, 골목대장 그래서 무

안한 듯 말없이 돌아섰구나

개도 이웃 사정을 헤아리며 사는구나

그렇지 그렇지, 한들거리는 갈잎의 유유한 물길 위에 번져

나는 엷은 미소

잔잔한 파동波動의 아침

강물 같은 산책길

「강변 산책 - 낙동강.216」

 강마을에 묻힌 서사

개팔자 - 애견愛犬 1

내 사랑 콩알 개 깜지 너는 참 좋겠다. 저 방송 들어
봐라. 봄 여름 가을 겨울 희희낙락 사계절을 한겨울 TV
뉴스에 소生가 웃을 기시 하나. 충성심 근본에다 애교 반
점 몸짓으로 일평생 빈둥빈둥 놀기만 하는 놈들. 네놈을
학대하는 자 엄청 벌금 때린단다. 푸줏간 소를 두고 학대
라 하랴마는 핏줄 연줄 다 버리고 배신을 밥 먹듯 하는
세상. 의리 없는 인간 심보 뿌리 뽑을 심산일 터.

먹다 버린 뼈다귀에 안분지족 견공犬公들아 네놈들

살판났지? 애 하나 키우려면 등골이 다 빠져서 자식에 골병드느니 강아지나 기른단다. '둘도 많다' 홍보하던 산아제한 성공에다 자식은 돈 구덩이 한평생 족쇄 뭉치라. 어린이 전문병원엔 파리채나 판다누만.

안방에서 거실에서 잘 나가는 명품들, 늬들 팔자 쫙-풀렸제? 선진사회 주인님들 아낌없이 돈을 던져 임신, 육아, 교육, 진료, 의식주도 자동 해결. 평생을 공짜로 노는 네놈들은 신나겠다. 요람에서 무덤까지 완벽한 보장이라 강아지 새끼마저 병원에서 낳는 시대. 네놈들 수술비용이 사람보다 비싸다며? 기왕에 쩰 배라면 갑자을축 육갑 짚어 운명도 짜맞추어 귀하게 낳는다니 늬들도 운수대통 하는 그런 길일 잡아줄까?

반만년 빛난 역사의 순박한 백의민족 못 배운 게 죄가 되어 조선 팔도 개 이름들 모두 다 독구dog일 땐 토종은 방범 보신용의 양수겸장 축생畜生이라. 지금 너가 생각하면 소스라칠 일이지만 인간들 굳은 편견 어디 한두 번이더냐. 영양탕집 메뉴는 삼계탕과 보신탕인즉, 삼복더위 영양탕집은 겨울에도 성업이더라. 보신탕 얘기라고 너무

섭섭해 마라. 우리 세대 사람들은 어릴 적 보아왔던 개고기 동네잔치 수백 년 음식문화에 그냥 젖어 있는 거야.

우리들 기르는 개가 가축이냐 애완이냐. 크기와 외모에 따라 그 용도가 다르냐. 그동안 나는 사실 개들을 구분했지. 쬐끄만 재롱둥인 애완으로 생각하고 듬직한 육질견肉質犬들은 가축으로 여겼지. 세월 따라 시절 타고 저물어 가는 보신 문화, 보신탕집 지나치며 네놈 생각 잠시 했지. 그때 문득 스친 '뿌리'의 영화 장면. 평원의 흑인들을 노예로 끌고 오며 성경에 두 손을 얹어 기도하던 백인 선장. 그 장면서 짙게 느낀 무심한 인종차별. 피부색 다르다고 동물로 취급했던 백인들 깊은 편견. 그 노예 부리던 농장주 인물 고운 흑인 골라 노리개로 갖고 놀던…. 크기에 따른 동물 차별도 이와 같으려니, 그러한 편견이 나에게도 있더구나.

보신탕 비난하며 치를 떠는 시대지만 인권도 반려동물도 세월 따라 생겼느니. 사람과 개 사이를 어떻게 정리할까. 보편적 가축일까 특수한 가족일까. 개인적 기호에 따른 유동적 관계일까.

허기야 짧은 샛강 한세상 흐른 물길, 상류의 물줄기도 하류에선 섞여 가나니. 우리네 인간 만사도 시절 따라 바뀌는 터. 식용이 아니라고 창으로 찌르는 이, 문화적 관습이라고 방패로 맞서는 이, 가운데 어정쩡 서서 모두 옳다 하는 이.

마주 선 창과 방패 뜨거운 공방 속에 버려진 애견들의 눈물도 많은 현실. 출산은 조조익선早早益善 숫자는 다다익선多多益善, 줄줄이 낳고 낳아도 돈 된다고 환영이라. 유기견 장사꾼에 강아지 생산하는 공장도 성업이라네.

이 모순 풀릴 세상도 어느 때쯤 오겠지만 대세는 애완愛玩을 넘어 동고동락 반려伴侶 시대라. 상전벽해 세월 속에 시절도 묘妙-해져서 할 일 많은 선각자들 각종 견공犬公 품는 세상. 별의별 명품 들어 옷 입히고 모자 씌워 유모차로 활보하니 자식 같은 대접이라.

혈육은 아니지만 가족 같은 내 사랑 깜지! 네놈 외로울까 친구 삼아 입양해 온 덩치 큰 늙은 명견. 네놈도 새끼 때는 아파트에 살았다지. 코커스파니엘 네 장난이 보통이냐. 콩알만 한 귀염둥이 요크셔테리어도 방에서 팅

　　　강마을에 묻힌 서사

겨나는데 인정이 시들었다고 세상살이 원망 마라. 맨 처음 옛 주인도 네놈을 남 줄 때는 아마도 모르긴 해도 눈물께나 흘렸을 터. 네놈은 복이 많아 주인마다 정이 깊어 행여나 팔아치울까, 아니면 구박할까 새 주인 고를 때마다 인성 검사하였더라.

옛정을 못 잊었던 첫 번째 너의 주인. 바뀐 임자 묻고 물어 낯선 집을 찾았던 날 네놈이 으르렁거려 내가 외려 민망했지. 먹이만 던져줄 뿐 털끝 한번 못 만져도 전원주택 넓은 마당 좋은 주인 만났다며 뒤돌아 눈물 글썽이며 아쉽게 가더구나.

옛 주인이야 가든 말든 나만 따르는 네놈 보면서, 그래 그러려니, 너 생각도 옳을진저. 회자정리會者定離 우리 삶은 인지상사人之常事 아니려냐. 실사구시實事求是 네 생각도 틀린 것은 아닌즉슨 어차피 새로운 터전, 돌이키지 못할 바엔 만남도 이별도 아픈 정 주어서 무엇하리. 세월이 흐른 후에 고향을 찾아봐야 뚫린 길 높은 건물, 낯선 사람 모여들어 아련한 그리움이야 부질없는 일이거늘….

맞바람 잘 날 없는 부평초 같은 세상 한 곳에 뿌리박

아 사는 이 있겠느냐. 어딘들 정만 붙이면 우리집이 아니
러냐. 나도 타향 너도 타향 산도 물도 낯선 강변, 일고 잦
는 물길에도 사는 건 함께 어울려 긴긴 강을 흐르는 것.
내 한몸 발 디딘 곳이 정든 고향 아니랴.

자식들 모두 떠난 텅 빈 이 집에서 너랑 나랑 한 식
구로 우리끼리 행복이라. 안기던 옛 버릇을 아직도 못 버
린 놈. 눈길이 애처로워 끙-하고 보듬으면 품속에 머리
처박고 눈을 스르르 감는다. 아무렴 그러려니. 외롭고 허
전한 늘그막의 너와 나 한생에 우리만 한 벗 또 있으랴.

앞서거니 따르거니 어울려 노는 오늘 우리 모두 행복
이라. 낙동강 긴 강둑에 개와 함께 올라서니 쌀쌀한 된
바람에 은빛 금빛 물결도 흥에 겨워 출렁이네. 털 달린
몸통에다 외투까지 걸쳐 입어 등 따습고 배부른데 주인
님 발맞추어 네 발로 달리는 크고 작은 애견 두 녀석!

오뉴월 개 팔자가 삼동三冬에도 늘어지니 강물도 기가
차는지 옆구리를 쥐고 웃다 김해벌 평평한 들에 S자로
휘어졌네.

 　강마을에 묻힌 서사

인연 - 애견 2

한세상 사는 일은 인연 따라 오가는 일. 어영부영 살다 보니 어느덧 세월은 흘러 내 나이 가을빛 들고 아내 얼굴 단풍물 스며 썰렁한 집 안을 채울 개를 또 한 마리 얻었겠다. 주먹만 한 덩치의 애견을 들인 첫날 밥통을 안겼더니 멀쩡한 개犬 주제에 게蟹 눈깔을 달았는지, 마파람도 없는 방에서 빈 밥통만 휑뎅그렁!

어쭈 이놈, 어쩌나 싶어 한 그릇 더 줬더니 아홉 거지 뱃속인지 또 '다다다' 먹어 치워 대야에 왕창 부었더니 어리둥절한 표정이란! 천성이 자유로워 매이기 싫어하는 네 주인은 상전님 떠받들 듯 삼시 세 때 밥 못 주니 네놈이 조절해 가며 제 알아서 챙겨야지.

짜식, 기특한 놈 눈치는 빤해 갖고 주인 한번 슬쩍 보고 옆의 개도 흘깃 본 후 단번에 식탐이 줄어 밥통 앞에 느긋하다. 미용에다 간식에다 주지육림 호시절을 물 한 통 밥 한 대야에 등 따습고 배부른지 이놈들 어울린 모습 여유작작 제법이다. 허긴 그러려니. 수십 년 된 낡은 집에 비좁은 마당이나 강마을 산기슭의 대숲 푸른 전원생활을 사람과 함께 사는 네놈들 한 생애가 이만하면 족하리니.

이십 년 키운 자식들 제 배움터 잘들 골라 천릿길 다 떠나고, 이것도 나이라고 무료하고 허전하긴 나 또한 마찬가지. TV나 보고 앉은 허허한 방에서나 혼자서 휘휘 걷는 샛강변 산책길에 발 아래 종종거리는 몸짓들이 귀여워라. 만남도 모임도 많아 늘상 부대껴도 사람과 사람 사이 마음 주기 힘든 세상. 속마음 허전한 이들 정붙이기 좋은 동물이라. 텅 빈 집 하릴없어 쓸쓸한 노인이나

   강마을에 묻힌 서사

엄마 아빠 살기 바빠 혼자 노는 아이들도 네 녀석 아니었더면 어느 누가 말벗 되랴.

까무러치는 애교에다 똥오줌도 가리는 놈이 덩치도 부담 없어 콩알만 한 몸집이라. 어르고 달래면서 함께 놀기 좋다마는 딱 하나 꼬리를 잘라 엉덩이가 허전하다. 자고로 개란 놈은 꼬리를 치켜들고 위풍이 당당해야 담장을 맴돌면서 도둑을 잡겠지만 고공의 '이e-편한 세상' 무슨 도둑 있으리. 방범은 자동이요 식용은 야만이라 핵가족 바쁜 식구 이왕지사 텅 빈 집의 공허한 TV 소리에 꽃으로 핀 애완견이다. 집집이 사는 개들 어디 너뿐이야. 생쥐 같은 치와와, 백설공주 말티스, 깜찍한 스피츠, 납작코 뚱보 퍼그, 콩알 개 요크서테리어가 꽃잎으로 뒹군다.

녀석들 재주 많아 소파에서 깡총대고 무릎 아래 재롱으로 심심찮게 웃음 뿌려 강둑길 산들바람의 산책길도 함께 했다. 긴 강둑 밭고랑을 참새처럼 오가는데 요상한 그 생김새 처음 본 시골 할매가 요모조모 살피다가 뜻을 몰라 물었것다. "그 짐승 토끼요? 고양이요? 뭐라카는 물건이요?"

대답하기 멋쩍어서 토끼인 듯 고양인 듯 슬그머니 품에 안고 집으로 돌아온다. 꼬맹이 개를 안고 방으로 들면 밖의 개가 샘을 낸다. 주인 한 번 훔쳐보고 안긴 개도 노려보다 현관에 다리를 들고 오줌을 찍! 갈기고는 긴 밤 내내 투정이다.

세상에 이런 일이! 꽃 같은 애완용에 나 또한 명품인데 겨울 강 칼바람에 밖에서 자는 신세. 얄궂은 운명이라 개떡 같은 내 팔자야. 노력 끝 성공담이 없는 건 아니지만 어디서 태어나느냐, 누구에게 안기느냐 잘 살고 못 사는 것은 이미 정해진 팔자소관. 뼈 빠지게 일해 봐야 집 한 칸 힘든 세상에 죽어서 보신탕 되는 개팔자도 많지마는 전생의 인연이 좋은 황제 개도 있다더라. 꽁꽁 언 앞강물도 봄 되면 다 풀리고 눈보라 속 마른 가지 오뉴월엔 푸르른데 단 한 번 잘못된 인연줄이 이다지도 끈질기랴. 하늘이 공평탄 말 도덕책의 뜬말이요 법 앞에 평등탄 말 사회책의 헛말이라 차라리 로또나 사서 견생犬生 역전 꿈을 꿀까.

내 들으며 새겨보니 일일이 옳은 말이네. 그래, 네 생각도 틀린 것은 아니려니. 본류에서 또 지류로 길목길목 얽힌 강은 속 깊은 물길 열어 마른 강에 밀어주고 샛강도 제 품을 헐어 온 들판을 적시거늘. 인간들 사는 모습 저 강에도 못 미치네. 욕심 많은 사람이사 아흔아홉 지니고도 달랑 한 개 남의 것도 제 일백 채우려고 핏줄도 숱한 인연도 등 돌리고 마는 세상.

금수저 은수저에 흙수저 무수저까지 타고난 인연줄 따라 제 몫으로 사는 길에도 개보다 못한 인간 넘쳐나는 세상이라. 개같이 돈 벌어서 정승같이 쓴다는 말, 개들이 이 말 들으면 기가 막혀 웃겠도다.

꼬리 - 애견 3

주야장천 노심초사 인정 많은 조물造物님네, 영악한
세상 인심 그 다툼이 걱정이라. 천지 만물 만드실 적 사
람이든 동물이든 꼬리를 붙인 까닭은 뒤엉긴 시비是非 인
과因果를 명명백백 드러내어 밝게 살란 뜻이렷다.

우리네 세상살이 복잡다단 일상사를 말로 함이 원칙
이나 말이란 애매하여 직유 은유 상징에다, 말 했네 아니
못 들었네 온갖 분쟁 생기는 법. 정치인 화술이야 만고불
변 오리무중五里霧中이라 말 다르고 뜻 다르고 머리 가슴

　　　　강마을에 묻힌 서사

다 다르나, 이웃간 분쟁에서 재판裁判 망판亡判 법원까지 말로써 말이 많으니 꼬리가 곧 증거로다.

사람이든 짐승이든 꼬리를 치는 건 또 마음을 연다는 뜻. 허리를 축으로 삼아 콧대 높이 딱 세우고 빵빵한 가슴 부풀려 엉덩이를 흔드누나. 씰룩쌜룩 왼쪽 오른쪽, S자 춤을 추면 꼬리 숨긴 인간들은 유혹한다 헐뜯지만 암컷들 이 꼬리 앞에 성한 수컷 있었더냐. 천고千古의 양귀비네 요염한 붉은 꼬리, 금세기 마릴린 먼로marilyn monroe양의 백치미 하얀 꼬리에, 오늘도 곁눈질하여 은근슬쩍 보는 꼬리….

꼬리 만든 깊은 뜻이 어디 그뿐이더냐. 돈도 많고 물건도 많고 자리 또한 많은 세상, 욕심에 눈 어두워 앞만 보고 달릴 때도 좌우로 균형을 잡는 방향타가 아니더냐. 낙동강 긴긴 강도 물머리 이끄는 대로 허리허리 굽이지며 마을을 감고 돌아 아련한 꼬리 한 가닥 유유히 흐르노니.

아무렴, 동물이란 꼬리가 당당해야지. 노루 꼬리 쥐꼬리는 비웃음의 대상이니 멋쟁이 엉덩꼬리란 장장다다

長長多多 익선益善이라. 꼬리가 멋지기야 여우가 제일인데 백여우니 구미호九尾狐니 막무가내 헐뜯는 건 꼬리가 없는 인간들 질투 섞인 욕설이라.

모든 동물 엉덩이에 너 나 없이 달린 꼬리. 꼬리가 꼬리라고 무시하기 십상이나 머리 허리 다리 꼬리 모두 '리' 자 돌림이라. 동물들 신체조직의 핵심 부품 아니러냐. 낙동강 천릿길의 두둥실 조각배도 꼬리 같은 키 하나로 제 선창 찾아드니 꼬리가 꼬리다워야 길道을 따라 흐르더라.

기나긴 지구 역사의 영장류 진화 속에 기다란 꼬리 자르고 머리를 얻은 인간. 짧은 꼬리 숨겨 놓아 밝힐 일 없으련만 추락한 시궁창의 망한 군상 얼마더냐. 정도正道이든 중용中庸이든 착한 이만 손해 보는 요지경 세상이라. 교활한 인간들이 삼삼오오 모두 모여 꼬리를 자르는 기술 다양하게 익혔구나. 신분 세탁 이름 세탁 금전 세탁 업적 세탁, 방망이 세탁 통돌이 세탁 드럼 세탁 동원하니 전천후 세탁이로고. 어디 그뿐이랴. 바이오 의료 발전에 완벽한 성형으로 얼굴 모양 세탁이라. 천만 가지 범죄에도 꼬리 흔적 묘연하여 승승장구 활보터니 멀쩡한 짐승

꼬리도 덩달아 싹뚝 잘라 유유상종 가족이네.

나 또한 개가 좋아 공짜로 입양해 온 요크서테리어 명품 한 놈. 자상히 살펴보니 황당한 그 몰골이란! 무슨 놈의 강아지가 주먹만 한 몸통에다 머리엔 웬 리본이며 엉덩이는 왜 썰렁하냐. 긴 꼬리 인사법은 낡아빠진 버전version인지 곱게 늘인 은빛 털에 노루 꼬리 달랑 달고 이름도 이상야릇해 혓바닥이 꼬인다.

저런! 몽당꼬리, 네놈 꼴을 한번 봐라. 무슨 놈의 강아지가 꼬리는 치지 않고 토막 난 꼬리뼈만 씰룩씰룩 엇박자냐. 족보 있는 물건이라 똥구녕도 깔끔하고 대소변도 가린대서 살아 있는 인형 삼아 집에다 들였더니, 붙임성은 좋다마는 꼬리가 없는 동물 속마음은 알 수 없네.

꼬리가 하는 일이 어디 한둘이리. 얄팍한 입술보다 온몸으로 맘 전하고, 기우뚱 넘어질 때면 몸 중심도 잡아주지. 세우면 도전이요 감추면 항복이요, 눕히면 전진이요 흔들면 호감이니 깃발로 전하는 몸짓 그 아니 분명하랴.

허긴, 도둑놈 판. 꼬리 밟힐 인간들 많아 제 몸통 들

킬까 봐 집에서든 일터에서든 꼬리부터 자르는 세상. 속
마음 들킬까 싶어 달린 꼬리 몽땅 잘라 지조는 헌신짝
되어 흙탕강에 버렸구나.

오호 통재로고. 다듬고 향수 뿌린 족보族譜 있다 하
는 것들 이마 이마 가슴 가슴 각색 훈장 별을 달고 먹이
만 갖다 대면 몽당꼬리 흔드는 꼴. 정치 경제 사회 문화
에 입법 사법 행정까지, 한세상 명리名利를 좇아 몰려가는
군상群像을 본다.

애증愛憎 - 애견 4

보리 이삭 주워 샀던 열 살 때 내 첫사랑 '번개'부터
그랬시만, 기라면 본래부터 죽고 못 살던 나 자신도 강아
지 품에 안고 길 가는 사람 보면 눈꼴이 영- 사나워서 고
개 슬쩍 돌렸지. 타고난 내 성격이 애들을 좋아하지만 자
식을 품에 안고 손주만큼 이랬더면 팔불출八不出 수괴가
되어 눈총께나 받았겠지.

앞바람 뒤바람에 일렁이는 물결처럼 세월이 사람 맘
을 변하게 하나 보다. 재롱만 흩어 놓고 훌쩍 떠난 손주

생각에 애견을 무릎에 얹고 그 흔적을 더듬는다. 곳곳에 널려 있는 웃음꽃을 쓸어 담아 열 달 된 내 손주와 십 년 된 네놈 두고 어차피 심심한 하루, 비교연구 분석하자.

이리저리 엉금슬금 대는 대로 기어가다 눈앞에 보이는 건 무조건 입에 넣기, 먹고 자고 먹고 놀다 배고프면 징징 짜기, 두목과 떨어지는 때 불안심리 서로 같다. 일편단심 두목 사랑으로 출근인지 마실인지 눈치코치 때려잡기, 똥오줌 가리기는 네놈이 훨씬 낫고, 먹거리 탐하는 것은 네놈 극성 가당찮다. 세상에 널린 물건 먹느냐 못 먹느냐 흑백 사고黑白思考 빈 머리에 직립하는 자립 의지 전혀 없는 네놈이야 평생을 코 킁킁대며 바닥이나 핥을 밖에.

조물造物의 천지창조 그중에서 제일가는 내 손주 하는 행동 네놈이 흉내내랴. 과학적 탐구심에 리모컨도 눌러보고 화장대 휘저어 놓고 새 설계를 꿈꾸느니. 아직은 네놈 뒤를 엉금엉금 기지마는 머리 찧고 일어서는 칠전팔기七顚八起 도전정신, 두 손이 자유 얻는 날 네놈 끌고

       강마을에 묻힌 서사

달리리라.

내 만약 미리 알고 사람 같은 개를 얻어 십 년을 키웠다면 앞강에 낚시할 때 미끼도 집어주고 곁에서 빈둥대면서 내 노후도 보살필 터. 이건 뭐, 허구헌 날 나 없으면 쫄쫄 굶고 목욕도 대소변도 나 아니면 공해 뭉치라. 평생을 내 수발 받는 네놈 팔자 상팔자로다.

그래도 가족이라, 미운 정 고운 정 함께 어울려 뒹구는구나. 무료한 여름 한낮 압력밥솥 기능으로 감자를 삶았는데 녀석도 옆에 붙어 좀 달라고 보채길래 '설사해!' 야단을 치니 슬그머니 나간다. 앗차! 수상해서 마루에 가봤더니 이미 오줌을 싸고 발라당 뒤집어졌다. 이놈이 나이 들더니 용심까지 늘었구나. 네 이놈 망할 개야, 네가 나를 갚는 거냐. 걸레로 닦으면서 앙살을 부려대니 온몸을 배배 꼬면서 뱃가죽을 디민다.

대숲에 바람도 자고 매미도 날개 접은 고요한 전원에서 콩알만 한 개를 잡고 실랑이를 벌이는데 때마침 개장수가 트럭을 몰고 오네. 그렇지, 저 스피커 소리 개장수 말 들어보자. 주인 말 안 듣는 개, 밥도 잘 안 먹는 개.

음식은 가리면서 똥오줌 못 가리는 개. 일일이 다 옳은
말씀 네놈 두고 한 말이라. 개 주인 화나는 일 어찌 저리
잘 아는고. 큰 개나 작은 개나 개란 놈은 다 산다며 덩치
가 쬐끄만 놈도 헐값에 팔라는구나.

　실눈 떠 곁을 보며 헛고함을 지르는데 이놈이 눈치
보며 방바닥에 딱 붙었다. 눈동자 방글방글 두 귀는 쫑
긋 납작, 쥐포처럼 납작 붙은 그 몸짓 너무 귀엽다. 겉으
로 화내는 척 안방으로 들어와서 심심한 TV 앞에 책을
읽고 기댔더니 옆에서 모로 누워 내 발등을 긁던 녀석.
제놈이 더 심심한지 콧잔등을 갖다대며 같이 놀자 보챈
다. 귀찮다! 밀쳐내면 엉덩일 쏙, 디밀고 꼴에 또 암컷이
라 콧소리로 칭얼대다 끝내는 발랑 뒤집어 책장 앞에 끼
어든다.

　저리 비켜라 털짐승아, 칠팔월 한낮 더위다. 네놈이
떠는 재롱 심심찮아 고맙지만 내 오늘 낚시 접고 독서삼
매 빠진 이 책, 몸 바쳐 주인님 살린 토종개들 얘기니라.
호랑이 털만 봐도 생똥을 쌌다는 소문, 순전한 헛소문을
네놈은 웃겠지만 뒷다리 물고 늘어져 주인을 살렸느니.

어디 그뿐이랴 산불을 끈 얘기며 눈보라 속 주인 얘기,
물에 빠진 아들 얘기, 비석에 새긴 사연들 어찌 낱낱 다
읊으랴.

그래, 물어보자. 네놈은 주인 위해 어떤 일을 하겠느
냐. 이 여름 입맛 떨어진 허약한 날 위해서 명품에 어울
릴 만한 무슨 대책 세웠느냐. 엉성한 그 다리로 개헤엄이
나 치는 놈이 샛강에 처박히면 제 살기도 급한 터라. 그
흔한 붕어 한 마리도 잡을 리는 만무한 일. 스스로 된장
발라 가마솥에 앉을 테냐. 개장수를 불러들여 돈으로 바
꿀 테냐. 뒷산에 푸드득 나는 꿩 사냥을 해 올 테냐. 개
라고 하기에는 가소로운 네 생김이 사냥을 하겠느냐 보
신이 되겠느냐.

때는 바야흐로 보신補身의 여름이라. 어떤 이는 너 귀
여워 산 채로 좋다 하고 어떤 이는 너 맛있어 죽은 걸 좋
아하니 드높은 인기를 믿고 겁도 없이 날뛰느냐. 이담엔
시장 가면 영악한 네놈 미워 뼈 없는 먹거리들 문어 낙지
잔뜩 골라 네놈 간식은 불문곡직 없애리라. 내 아무리
심심해도 다시는 저 앞강물에 붕어낚시 하나 봐라.

목욕 - 애견 5

더위 먹은 강물 탓에 강둑 호박잎도 축 늘어진 여름 한낮, TV도 싱거워서 책을 펼친 안방이다. 천근만근 눈 꺼풀을 돋보기로 밀치는데 졸음 섞인 활자들이 낱낱이 살아나서 강마을 고요한 방의 때아닌 말발굽 소리.

다그닥 다다다다, 다다다다 다그닥! 모음은 간데없이 자음만 굴러 나와 먼지 같은 소음으로 서너 평 좁은 내 방을 광야처럼 내달린다.

예삐 너, 이리 와봐! 발톱을 봐야겠다. 눈치는 또 빨

　　　강마을에 묻힌 서사

라서 입신入神의 바둑 9단. 도망가는 놈 허리 잡고 발랑 뒤집으니 그 사이 매구가 되어 C자로 자란 발톱에 S자도 더러 있네.

콧잔등을 톡톡 치며, 이놈아 이 지경이면 말을 해야 내가 알지. 직장에 출근하고 틈내어 풀 뽑으며 너한테 쓰는 신경도 어디 한두 가지냐. 밥이야 가득 주면 몇 날 며칠 가지마는 목욕, 이발, 똥 치우기에 이부자리 갈아주기, 온몸에 병치레 잦아 약 먹이랴 또 바르랴….

녀석을 붙들고 이리저리 궁글리니 덤으로 스며드는 이놈 퀴퀴한 냄새! 내가 더는 못 참아서 "예삐! 목욕하자." 호출 명령 던져놓고 욕실에 들어가서 세숫대야를 끌어낭기면 10여 년 길들인 놈도 투덜대며 들어온다. 너 무슨 군소리냐! 난들 좋아 이러느냐! 사람이든 짐승이든 제 맘대로 어이 살랴. 더불어 산다는 것은 싫은 것도 해야느니.

이놈이 걸어오다 욕실 문턱에서 납작 엎드리면 내 호령도 단호하다. 세숫대야 밑바닥에 손가락을 갖다대며 "더더더 - 더더더" 음주운전 단속하는 교통경찰 그 모습

이다. 경험 많은 늙은 개라 엎드렸다 뒤집었다 온갖 애교
다 부려도 주인 의지 확실해서 대야에 코가 닿는 마지막
순간까지 악착같이 부른다. 콩알만 한 강아지라 달랑 들
어 옮기면 시간이야 절약되나 "더더더" 호령으로 끝까지
오게 만드는 이 놀이가 더 재미있다.

대야 속에 세워 놓고 더운 물 쏴-쏴 틀고 샴푸 벅-벅
문지르면 비누가 좋은 건지 놈 천성이 더러운 건지 시꺼
먼 땟물 투성이가 털걸레 빨래로다. 더러운 땟국 보니 내
어릴 적 생각난다. 용케 숨긴 손발의 때, 설빔 양말에 들
통나서 설맞이 목욕하느라 쇠죽솥에 갇혔느니.

우연히 태어나서 저절로 자라던 세월, 겨우내 흙장난
에 부르튼 때를 보며 야단 반 놀림 반의 어른들 돌림핀잔
"온 동네 까마귀들이 할배라고 절하겠네!" 퉁퉁 불린 묵
은 때를 돌맹이로 박박 밀어 아프다 소리치면 등짝에 불
이 난다. 이놈아 이 더러운 꼴로 설을 쇠려 하였느냐!

엄마 누나 두 협공에 싫다고 짜는 소리 더 밀자는 야
단 소리. 영문을 모르는 소는 쇠죽을 먹다 말고 꽁꽁 언
강바람 당겨 콧김을 훅- 뿜어내고…. 문도 없는 휑한 부

　　　　강마을에 묻힌 서사

억 칼바람도 견뎠는데 따뜻한 욕실에서 털만 슬슬 문질러도 이놈이 호강에 넘쳐 앵앵깽깽 엄살이다.

한두 해 지나다 보니 강아지 목욕 때는 나도 교관이 된다. 차렷, 뒤로 돌앗! 이놈아, 엉덩이 들고! 한사코 주저앉는 놈을 장난삼아 호통친다. 십수 년 묵은 솜씨 노하우know-how도 상당하여 눈, 코 귀, 구멍은 죄다 비누거품 막아주며 엉덩이 가려웁다고 똥구멍도 꼭, 짜준다.

콩알만 한 강아지라 빙글빙글 돌리다 보면 대야에 떨어뜨려 비눗물도 한 잔 꼴깍! 한순간 숨이 멈추다 으앵으앵 엄살이다. 두 번 넘게 샴푸를 풀면 녀석 인내도 한계 상황. 싫다고 앙앙대면 내 일갈도 단호하다. 야, 임마! 같이 살려면 이 정도는 참아야지. 우악스레 씻긴다고 날더러 원망 마라. 한창 때 미역이야 저 앞강도 헤었지만 힘없는 이 팔다리로 정성들일 군번이냐. 맑은 물 끼얹어서 땟국을 쪽- 빼고나면 그 몰골 영락없이 물에 건진 새앙쥐라. 한바탕 부르르 털면 그제서야 개꼴이다.

개를 들고 거울을 보면 나도 내 꼴 우습도다. 양로원 목욕 봉사 한 번도 안 해봤고 부모님 살아생전에 발도

한 번 안 씻겼네. 자식놈 목욕 때도 한두 번 거들다가 물통에 빠뜨린 후 아내한테 쫓겨난 터라. 내 솜씨 늘어난 것도 이 또한 다 네 복이려니.

요란한 목욕 후엔 발톱도 깎아야지. 보드라운 털 사이의 발톱을 검사하니 늙은이 발톱이라 대롱같이 굵어져서 우리집 손톱깎이로 자를 수도 없구나. 사람이든 짐승이든 나이 든 발톱이란 세상살이 헤쳐 나온 경험의 발가락에 세월의 더께가 얹혀 겹겹이 쌓이나 보다.

어릴 적 울 아버지 할배 같던 아버지, 막내둥이 칼로 깎던 나무껍질 그 발톱들. 농부네 따개비 껍질 억센 발톱 생각난다. 나 또한 세월 먹어 그때의 아버지 나이라 내 발톱도 그렇지 싶어 발등을 살펴본다. 걸어온 발자취들 낱낱이 짚으면서 엄지 검지 중지 약지, 새끼발가락 각각 벌려 하나하나 더듬노라니 뒤꿈치 굳은살이 각질로 떨어지며 세월이 아직 엷으니 더 걸어라 나무란다.

이발 - 애견 6

개와 함께 먹고 자고 개를 안고 뒹구는 희망 드디어
이루어져 애견을 분양받아 방에 들인 초보 시절. 방석에
뒹굴고 있던 검정콩알 한 덩이! 으잉! 이게 뭐냐, 먹다 흘
린 과자 조각? 낯선 덩어리를 이리저리 살피다가 온 식구
탐정 되어 돋보기 수사를 하니 어구야, 저놈 엉덩이의 말
라 떨어진 똥이렸다.

방바닥에 나뒹굴던 바싹 마른 덩어리를 손바닥에 궁
글리며 놀던 애들은 개똥으로 판명되자 으악! 질겁을 하

고, 제풀에 강아지도 놀라 납작하게 엎드린다. 저놈 잔재롱에 웃음꽃 좀 피운다고 개똥밭에 굴러도 이승이 낫다는 옛 속담이 오늘날도 유효한지 온 집에 똥칠갑을 하며 실증으로 보이느구나.

사는 건 길들이기라. 인간이 참 묘하다 그런 생각 드는 것은 똥 치우고 털 자르는 동고동락 세월 속에 한 집에 뒹굴다 보니 덤덤해진 녀석의 똥. 강아지랑 살다 보면 어디 똥뿐이랴. 개털 날고 오줌 밟고 퀴퀴한 냄새 나도 귀여운 네놈이 있어 웃음꽃 피는 거실이라. 개똥밭 옛 말씀의 조상님 깊은 지혜가 이 경우도 닿는 건지 애견과 함께 구르며 희희낙락 즐겁구나. 지린내도 정이 들 듯 맑은 물 흙탕물이 섞여 도는 강물처럼 세상사 삼투압으로 한데 엉겨 흐르누나.

개똥을 손에 들고 정신 차려 생각하니 이건 아니다 싶다. 아무리 그렇지만 개똥이랑 어찌 살랴. 저놈을 어찌 할꼬. 엉덩이 노려보며 별의별 궁리를 해도 뾰족한 수가 없다. 어느 뉘 할 일 없어 애견 비데 만들거며 휴지를 던저준들 개발에 대갈일 터. 스타일 다 구기지만 엉덩털을

     강마을에 묻힌 서사

깎을밖에 별도리가 없구나.

"차렷, 고개 들고!" 헛고함 크게 질러 기선부터 제압해 놓고 뒤엉긴 털뭉치를 가위로 쓱쓱 자르면 이놈이 털 간지러워 사지를 배배꼰다. 엉긴 털을 깎으면서 내가 늘 궁금한 것은 눈, 귀, 입 다 가리고 똥구멍도 가리는 털이라. 네놈이 야생일 때는 이 털뭉치를 어쨌을꼬.

이놈아 바로 서라! 잘못하단 네 살 벤다! 네놈이야 살 베여도 아프면 그만이지만 나는 또 미안한 맘에 네 간호가 예삿일이냐. 대충 깎는 가위질에 징징 짜며 불평 마라. 예민한 네 귀에다 바리깡 윙윙윙 돌려 양처럼 홀랑 깎으면 알맹이만 남을 터. 앙상한 그 몰골이 생각만도 같잖지만 이 겨울 맨가죽으로 동태로 지낼 테냐. 멀쩡한 털 잘라내고 밍크코트를 입히랴.

아마추어 이발이란 원래 다 이런 거야. 내 어릴 적 이발소는 네놈보다 더했느니. 이따금 찾아오던 떠돌이 이발사가 이 빠진 바리깡으로 반은 뜯고 뽑았니라. 강언덕 양지받이에 동네 애들 다 모이고 마른 볏짚 두어 단 동여 퍽-하니 걸터앉아 때 묻은 허연 광목천을 목에 대충 둘렀

지. 낡고 낡은 바리깡이라 뜯기는 아픔보다 간지럼 참지
못해 목덜미 움츠리다 혼나면서 깎였지만 빡빡이 몽돌머
리도 우리끼리 좋았느니.

　네놈도 생각해 보면 먹거리만 찾는 놈이 거울을 볼
리 없고 내 곁에서 늙는 놈이 선볼 일도 없으리니. 모양
이 듬성듬성해도 엎혀살기 딱이로다. 아무렴 이 세상이
드러내기 유행이라 그게 개꼴이냐고 남이사 뭐라든 말든
우리 둘 맘이 맞으면 그게 행복 아니랴.

　실랑이 끝 목욕 후에 스무 개 발톱 깎고 이발까지 마
쳤으니 이제 남은 일은 뭉친 털을 가다듬는 일. 빗을 몸
에 대자마자 앗, 따거, 깨갱 앵앵! 이놈이 또 엄살이다.
털뭉치 엉긴 놈의 목욕 후 빗질이라, 온몸이 따가운 것은
당연하지 이놈아! 참외만한 이 덩치가 까치집 투성이라,
강마을 떼까치들 네 등에 다 모여서 일요일 아침답부터
손님 온다 기별이냐.

　부지런한 주인 덕에 예쁘고 깔끔한 게 네놈들 치장
이나 게으른 주인이라 드문 단장이려니. 한 달에 많아야
한 번, 이 얼마나 다행이냐. 나이깨나 먹은 놈이 웬 털이

　　　　강마을에 묻힌 서사

이리 짚어 아홉 솥 열두 방의 시집살이 그 시절에 제풀
에 혼자 놀던 딸 쑥대머리 그 꼴이다. 네놈 10년이면 사
람 나이 고희도 넘어 우리는 이쯤 되면 백발이 문제이랴.
몇 가닥 엉성히 남아 빗을 것도 없느니라.

인간들 사는 세상 네놈 눈엔 부러워도 다사다난 인
간사에 고달픈 사연 많아 머리털 다 빠지도록 신경 쓸 일
한둘이리. 내 머리 쳐다봐라 정수리가 텅 비었지? 빗살도
휘어지던 사진 속의 더벅머리가 네놈들 객식구 탓에 갈
대蘆 없는 갯벌 됐네.

빈둥빈둥 놀면서 머리 쓸 일 없는 놈이 디룩디룩 몽
실몽실 몸에 살만 찌웠구나. 머리에서 발끝까지 덕지덕
지 털이 엉겨 까치집 달고 살아 떼까치를 닮았는지, 엉긴
털 슬슬 빗어도 깍-깍-깍 울어대니 갈대숲 개개비들도
끼익-끽 화답이다.

무단가출 - 애견 7

사람이든 애견이든 자고로 동물이란 갇히는 건 고역이지. 우리 마을 뒷등 너머 샛강변 강둑길은 집 나온 강아지들 소개팅 별천지라. 집 안에 갇힌 놈들이 늘상 귀를 세운다. S라인 쭉쭉빵빵 삼삼한 섹시족sexy族들 곳곳이 주점이요, 구멍구멍 카페 천지에 잡견들 삼삼오오 모여 부킹짝을 기다린다.

경험은 곧 경륜이라 한 번쯤 가본 놈은 잊지 못할 그 재미에, 못 가본 착한 놈은 본능적 호기심에 언제쯤 기회가 올까 전전긍긍 애가 탄다. 기회를 노리는 놈들 스타일도 각색이라. 복종이 몸에 밴 놈 제 뜻대로 날뛰는 놈 잔머리 돌돌 굴리는 기회주의 개도 있다.

주인 사랑 듬뿍 받는 안마당 행동이야 평범한 애견이나 마음이 흔들리는 결정적인 유혹 하나, 대문을 열어젖히면 놈들 성격 드러난다. 순진한 복종형은 주인 명령 기다리고 분명한 대쪽형은 열자마자 냅다 튀고 표리가 부동한 놈은 안 나갈 듯 딴청이다. 겉과 속이 다른 놈은 머리도 교활하여 제 생각 숨겨 놓고 눈알을 굴리는데 주인이 알까 모를까, 견시탐탐犬視耽耽 엿본다.

이름도 좀 엉뚱한 코커스파니엘 우리 버꾸! 새까만 저 녀석은 잔머리형 명견이라. 땅바닥 킁킁대며 내 등 뒤를 어슬렁대다 안 본다! 생각이 들면 순식간에 들고 튀다. 밖으로 나가고 싶어 체면 불구 냅다 튀면 그 순간 화나지만 얄밉지는 아니할 터. 주인을 속이는 탓에 내가 약이 더 오른다. 야생이든 가축이든 짐승이면 짐승답게 언행이 솔직해야지. DNA가 그런 건지, 듣고 본 게 그런 건지 개들도 사람 앞에서 사람처럼 못 돼 간다.

기어이 주인 몰래 뛰쳐나간 마당의 개. 경찰들 순찰에다 곳곳이 CCTV라 도둑이야 있으랴만 잠 못 드는 안주인은 우리 강생이 걱정이라. 이 골목 저 어귀를 남 모른 척 찾으면서 이리저리 수소문하면 내 일부러 단호하여 근심도 걱정도 많은 안주인 여린 마음 거두절미 다잡는다. 놔둬라, 찾지 마라 대문이나 꼭꼭 닫자. 개가 주인 찾지 주인이 개 찾으랴. 예보다 더 좋은 데 있음 거기 가서 살라고 해!

바람둥이 제깟놈이 얼떨결에 나가봤자 부처님 손바닥이리. 제 놈이 어딜 가랴, 보나 마나 그곳일 터. 베꼽티 암컷들의 달맞이꽃 향에 홀려 바람 풍風! 강둑길에서 뭇 수놈과 섞였겠지. 온갖 병법 선을 뵈는 카사노바 각축장에 반 토막 짧은 다리 덩치야 좀 작아도 다부진 멋진 몸매에 아이큐 높은 놈이라 골목대장 소문났지.

자유로운 민주 영혼의 주인을 잘 둔 덕에 목줄 없는 팔자에다 하루에 두 번 끼니 그것도 내 귀찮아 큰 대야 그득한 밥에 제 알아서 먹는 밥통 아니더냐. 피둥피둥 살이 찌고 윤기 자르르한 털에 혼자는 외롭다고 친구까지

　　　강마을에 묻힌 서사

끼웠으니 제 놈이 호강하는 줄 스스로도 잘 아는 터라.

아무리 바람둥이라도 저놈들 사랑놀음 길어봐야 3박 4일이지. 어리숙한 암컷 꾀어 주경야독晝耕夜讀 어울리다 킁-한 눈자위에 후들후들 다리 떨려 코끝에 잠깐 스쳐 간 짧은 유혹 긴 후회 일장춘몽 그뿐이리.

아무렴 그러려니. 명분 없는 가출이란 들어올 때가 더 멋쩍어 버쩍 마른 콧잔등에 제풀에 민망한 녀석. 동네방네 소문 무서워 살금살금 엉금엉금 골목길 휘어돌아 주인님 발자국소리 두 귀 쫑긋 세우고는 두 어깨 축 늘어뜨려 대문 앞에 쭈그리겠지.

심야 상봉 - 애견 8

어라, 이놈 봐라? 무단가출 닷새째라. 큰소리 땅땅 치며 안 보는 척 살피는 대문도 하루 이틀 흘러가니 내 마음도 편치 않네. 슬며시 걱정되어 강변 산책 핑계 삼아 김해벌 너른 들판을 자전거로 쑤셔본다. 강마을 마당마당 봇도랑 속속들이 검정비닐 뭉치들이 어찌 그리 많고 많은지. 새까만 네놈 모습이 온 들판에 어른댄다. 퇴근 때는 일부러 옆 동네로 차를 몰고 동네 사람 스치면서 은근히 물어보아 '버꾸'란 시꺼먼 개를 알 사람은 다 알게

 강마을에 묻힌 서사

됐다.

어느 강둑 쏘다니며 소식은 왜 없는지. 이 잡념 저 걱정의 방정맞은 온갖 생각에 못 오는 '경우의 수'를 차례차례 더듬는다. 멋쟁이 신부 만나 데릴사위 되었을까. 맘씨 좋은 주인 만나 새 터전을 잡았을까. 생각도 섬뜩하지만 개장수가 엮었을까. 볼거리도 많은 세상 먹거리도 좋은 세상, 호시절 역마살 도져 이리저리 떠돌까. 소유가 곧 번뇌라고 모든 연을 끊었을까. 풍찬노숙 고된 생활에 밥은 얻어먹는지. 비는 또 피하는지. 방의 개와 차별한 일, 밉다고 발로 찬 일에 이 걱정 저 후회들이 부질없이 떠오르네.

떠난 뒤 후회 말고 있을 때 잘하라더니, 드는 정은 몰라도 나는 정은 알겠구나. 엉성한 대살문을 빼꼼치 열어두고 한밤중 바스락 소리에 방문턱만 들락날락. 이리 전전輾轉 저리 반측反側하며 비몽사몽간에 온 강둑을 다 뒤지다 잠결에 들려오는 우리 버꾸 발자국 소리!

왔구나, 우리 버꾸! 네놈이 돌아왔구나! 이게 얼마만이냐! 나를 잊지 않았구나! 세상에, 고마울 데가! 네가 살아 있었다니! 암컷들 망사속옷 강둑길에 어른거려 코끝의 향내 따라 집 나간 지 하마 석달. 강마을 우리 인연을 끊을 수가 없었구나.

수입종 명견으로 네 핏줄이 애완이지만 이 땅에 태어나서 내 품에 자랐으니, 아俄 조선朝鮮 군은 그 충절 국물이라도 튕겼을 터. 한눈에 얼핏 봐도 신수 좋아 보이구나. 내 집만큼 좋은 곳이 어딘가 또 있었다니 인심이 좋아진 세상 이 얼마나 다행이냐.

오호라 쾌재로고, 어디 한번 안아보자. 평소에도 무겁던 놈 어화둥둥 번쩍 들어 밥상 앞의 심봉사가 밥반찬 더듬듯이 이놈을 가슴에 품고 구석구석 만져본다.

보들보들 머리털엔 갓 말린 샴푸 냄새, 코끝이 축축하고 오동통한 팔뚝에다 뱃가죽 늘은 것 보니 잘 살기는 했나 보다. 목덜미 갸름하고 가슴은 몽실몽실 펑퍼진 엉덩이에 꼬리 흔적 여전하고 운동도 적당히 했나 아랫도리 미끈하다. 곳곳이 보신탕집 골목골목 개장수들, 험난한 이 세상에 참말로 행운이다. 다시는 나가지 마라 늘상 운이 따라주랴.

       강마을에 묻힌 서사

석 달만의 상봉이라니 이게 꿈이냐 생시냐. 아무렴 기특한 것 두 팔로 꽉 안고서 한바탕 몸을 트니 한밤중 곤히 자던 마누라 비명 소리.

아이구, 가슴 답답해! 잠 좀 자자, 제발 좀!

개새끼 고^考 – 애견 9

운전을 하다 보면 모두가 다 개새낀지, 앞차에 화가
나서 '개새끼'라 중얼대니 아내는 깜지 예삐가 듣는다고
웃음 섞인 핀잔이다. 너나없이 바쁜 세상 천지사방 교통
혼잡에 달리는 건 자동차라. 나는 바쁘니 내가 먼저 빵
빵빵 번쩍번쩍 오감을 곤추세워 차 머리를 들이민다. 조
선 사람 조급증에다 이런 버릇 몸에 배어 시도 때도 관계
없이 운전대 잡는 순간 눈부터 부릅뜬다.

욕설은 너나없이 왜 툭, 튀어나올까. 욕설도 언어이

니 좌뇌의 담당이요 욕설은 또 감정이니 우뇌의 역할이
라. 뇌의 두 반구半球는 기능이 서로 달라 균형 잡힌 사용
이 분명히 중요할 터. 점잖은 사람들도 열불이 오를라치
면 이성 감성 부조화로 뇌의 균형 충돌해서 자기도 모르
는 사이 욕설이 터지나 보다.

이미 뱉은 욕설이라 주워 담기도 때늦었네. 스스로
생각해도 내 품격이 하찮지만 남녀노소 상하귀천 모두
다 욕을 하니 긴 여행 길동무 삼아 인간 욕설 탐구하자.

욕설은 감정 발산, 복잡다단 심리지만 하고많은 욕
설 중에 왜 하필 '개새끼'일까. 순간에 화가 나서 내뱉는
말이지만 욕설도 그 나름대로 제 뜻이 있기 마련 아니더
냐. 욕설에 끌어들인 대상도 많고 많아 사람도 끼워놓고
자연물도 이용한다. 동물만 살펴봐도 말 안 듣는 소세끼
에 미련둥이 곰 같은 놈, 여우같이 교활한 년, 능구렁이
뱀 같은 놈에 행동이 약아빠진 놈은 쥐새끼라 욕하것다.

유난히도 '개'자 욕은 참으로 많고 많아 멀쩡한 보통
명사를 접두사로 끌어 붙인다. 아이든 어른이든 '년-놈'의
기본에서 'ㅈ-ㅆ' 등등까지 내 차마 글로 못 옮길 쌍소리

도 예사로다. 흔해 빠진 개자 욕은 어쩌다 생겼을까. 개라면 충절이요 도둑놈 지킴이라 개자로 욕을 붙여도 욕이 될 수 없잖은가. 동물에 붙인 의미 인간들의 편견이나 유아독존唯我獨尊 오만함을 어차피 못 막으니 개들의 욕들을 짓을 낱낱샅샅 찾아보자.

개의 본래 용도는 경보용의 방범이라. 낯선 이 경계심은 사람보다 예민하나 그나마 개들은 제 자리만 지키느라 경계 밖 지나는 것은 멍멍 짖기만 하느니. 개들도 배고프면 뺏어 먹긴 하더라만 직업적 날강도란 듣도 보도 못했느니. 밤길을 걷는 사람이 개 무서워 겁내느냐.

개도 동물이라 화나면 물어뜯기 인정사정 없지마는 설마 사람보다 더 할 리가 있겠느냐. 개들이 때로 편 가른 전쟁 역사 없었느니. 꼬리를 내리기로 비굴함이 확실하나 어차피 못 이길 터 복종으로 따르지만 인간은 뒤돌아서서 배신 기회 노리더라.

개들의 이런 덕성德性 사람이 이미 알아 개를 부를 때는 그 특성을 살렸더라. 흰둥이 검둥이 누렁이는 단색이요 흑백이 어울리면 바둑돌을 굴렸더라. 높이 받든 서양

문물로 신분 상승 독구dog들이 종교宗教에서 이름 빌려
쫑John이 되고 메리Mery 되어 존귀한 대접이라. 이때부터
사람들은 가축을 포기하고 가족도 뛰어넘을 반려伴侶 예
감 하였더라.

동서고금 근현대사에 아무리 찾아봐도 욕할 일이 전
혀 없어 국어학 사회학에 심리학을 접목하다 요상한 인
간들 마음 근거 하나 찾았도다.

인간이 꼭꼭 숨긴 원초적 그 욕망이 상징으로 스민
증거. 외디푸스 콤플렉스 엘렉트라 콤플렉스, 피맺힌 오
누이의 달래고개 전설 같은 성적性的인 갈등 본능葛藤本能
이 개가 미운 원인이라. 인간 세상 사는 일은 체면 염치
도덕이라. 그중에 성性 본능은 천 길 품속 감추는데 핏줄
도 노소도 없는 개犬 난교亂交가 그 탓이리. 사방 천지 둘
러봐도 사람과 친한 짐승 개만 한 게 또 없으리니. 부모
개 자식 개들 한집에 키우면서 딱 하나, 놈들 짓거리가
눈 뜨고는 못 보겠지.

애꿎은 '개새끼'를 입술 끝에 붙인 것은 좌뇌 우뇌 따
로 얽힌 점잖은 인간들의 심층심리 표리부동表裏不同 그

탓이 분명할 터. 개들의 노는 꼴에 무의식이 작동하여 부
러움 섞인 갈등complex에 반어법적 욕이로다.

늙음 - 애견 10

집집이 자동차에 곳곳이 관광 천지라. 아내와 동부 인하여 먼 길을 나설라치면 우리집 늙은 할매 콩알만 한 강아지가 귀 쫑긋, 눈알 휘둥그레 몸놀림이 가당찮다. 이웃 마실 직장 출근의 잠시 떨어질 땐 그냥 서서 낑낑대다 먼 길을 갈랴치면 무엇으로 감 잡는지 깍깍깍, 돌돌 구르며 문지방을 넘나든다.

같이 가자 으앙 앵앵, 나도 갈래 잉잉 깽깽. 슬며시 일어서서 옷장 문만 여는데도 이놈이 눈치가 빨라 매구같이 알아챈다. 선천적 능력이야 언감생심 있으랴만 경험으로 쌓은 지혜 늙은 쥐가 독을 뚫듯 10여 년 눈치코치가 입신入神의 경지구나.

의뭉스레 동작 빠른 주인님의 몸동작을 미세분석微細分析 입력하곤 마당 출입 신경 끄고 출근은 본 둥 만 둥. 휴일날 움직일 때는 깨갱 깍깍 소란이다. 등산길에 낚시터에 남한팔도 여행지를 우리들 발 닿는 곳 어디엔들 안 갔냐만 아무리 앵앵거려도 이번에는 안 되지.

대이동 명절 연휴 한양 서울 먼먼 길을 네놈 몸도 아픈 터에 억지로 데려가다 낯설은 타관땅에서 초상칠 일 바라느냐. 엊그제 의사 선생 조심하라 일렀거늘 밤새 안녕 노인네라 만리타향 객사하면 네 어미 선산을 두고 쓰레기통에 갈테냐. 찻길에 궁글리면 삭신도 괴로웁고 똥오줌도 참고 가는 고달픈 먼 길보다 내 집이 으뜸이려니 마음 먼저 다잡거라.

이젠, 나이 들어 길고 짧은 눈치도 생겨 헤어졌다 만나는 일, 알 만도 하건마는 두목과 분리불안심리는 예나 제나 한결같네. 십여 년 함께 살며 이런 동행 버릇이야

　　강마을에 묻힌 서사

내가 잣아 길들였지만 사정이 있는 날은 떼어놓기도 하였으니 빈집에 혼자 남은 날도 숱하게는 겪은 터라. 두고 가는 마음이야 언제나 짠-하다만 처자식 피붙이도 떨어질 때 있는 법이니 한세상 허구헌 날을 같이 살 수만 있으랴.

애틋한 너를 위해 간병인을 두고 가면 내 맘도 편하련만, 보험도 수월찮고 복지 아직 엉성하다. 어쩌랴, 늙은이 혼자 더듬더듬 사는 밖에 달리 방법 있겠더냐. 꽃잎 같은 재롱으로 귀를 세운 방범으로 새끼 때나 어른 때나 바쁘게 산 네 생애를 내 어찌 모르랴.

희희낙락 어울린 삶을 대접할 길 바이 없어 할미개를 혼자 두고 먼 길 가는 날은 먹거리에 잠자리에 온 가지를 다 챙겨도 마음이 놓이질 않아 신신낭부 또 당부다. 날짜별 시간대별로 밥 반찬 두었으니 이게 웬 떡이냐고 식탐으로 덤벙대다 음식들 뒤엎지 말고 차례대로 비우거라. 신문지 몇 장 펼쳐 화장실도 널찍하니 대소변 마려울 땐 구석부터 쭈그리면 발바닥 안 더럽히고 깔끔하게 지내려니.

주인을 떠나보내고 덩그러니 외로운 날, 혼자 노는 3박4일 심심은 하겠지만 TV를 동무 삼아 희희낙락 뒹굴다가 장난감 뒤지다 보면 간식거리 숨겼니라. 그나마 다행인 건 풍월風月 읊는 서당개라. 시인 집 더부살이 10여 년 굴렀으니 시문詩文은 능히 못해도 숫자 하나 익힌 터라. 손 닿는 머리맡에 전화기 두고 가니 심심한 줄다리기 쓸데없는 장난 말고 급한 일 생기는 즉시 119를 누르거라. 요새 사기꾼들 별의별 짓을 하니 전화벨 울더라도 받으려 하지 말고 바깥에 인기척 나도 짖을 생각 말거라.

낙동강변 너른 들판 우아한 전원주택에 그릇그릇 밥 있겠다. 코앞에 또 한 마리 마당에도 개 있겠다. 일평생 혼자 산 터에 식솔 걱정 없겠다. 새소리 개구리 소리 화음으로 들으면서 팔베개 높이 하고 엉덩장단 두드리며 나 홀로 노니는 맛도 일편 재미 아니려냐.

악착같이 달라붙는 진드기 같은 놈을 억지로 떼어놓고 찌그덩 대문 열고 부르릉 시동 걸어 차 소리 멀어지는 때면 무엇을 생각할까. 금세 잊고서는 고롱골골 잠이 들까. 울다가 지치면서 바깥소리 더듬을까. 끝없는 불안에

 강마을에 묻힌 서사

떨며 올 때까지 울음 울까.

어쩌면 모르겠다. 같이 산 십 년 세월 산전수전 공중
전의 주인님 인생살이 낱낱이 다 익혔으니, 삶이란 고독
이라고 턱을 괴고 누웠을지….

이별 연습 - 애견 11

개도 나이 들면 잠이 많아지는지 쪼그려 자고 누워 자
다 기지개마다 하품이다. 턱이 빠지도록 쫙 벌린 입을 보
니 어쩌나, 온 입 안 가득 낡은 잇몸이 훤하네. 좁쌀같이
붙어 있는 앞니만 서너 개뿐, 어금니는 다 빠지고 한 개
남은 송곳니로 딱딱한 네 밥덩이를 우물우물 삼켰느냐.

내 품에 파고들어 입을 짝짝 벌릴 때면 공해를 내뿜
던 놈. 어쩐지 입 냄새가 점점 옅어지더라니, 10여 년 풍
상이 삭아 할미개가 되었구나. 금니를 박아주랴 임플란

트 심어주랴. 남은 이 마저 뽑고 틀니를 덮어주랴. 밥알을 퉁퉁 불려서 반죽으로 대령하랴.

젖니 간니 빠지는 동물 어디 너뿐이랴. 나도 이제 나이 들어 찬물도 이 시리고 김치 한 닢 씹으려도 저들끼리 마주 아파 몇 년 더 세월이 가면 네놈처럼 되겠지. 옛 어른 깊은 말씀 순망치한脣亡齒寒이라지만 추울 이齒도 없는 나이 그 세월에 다달으면 잇몸은 또 잇몸끼리 정 붙이며 산다더라. 이제는 너 식사도 물에 불린 죽을 주마.

한여름 울울창창 물오른 나무들도 늦가을 찬 바람에 잎사귀 다 떠난 후 허허한 가지마다 빈 바람을 걸었느니. 이 빠진 늙은 개가 무릎인들 온전할까. 비몽사몽간에 내 발길 소리 듣곤 제 나이 생각 않고 '아야! 깨갱 앵앵' 벌떡 서다 넘어진다.

그래, 그럴 테지 네 춘추가 보통이냐. 몸 따로 마음 따로 뼈마디가 왜각대각, 마음만 언제나 청춘, 상노인上老人이 아니더냐. 연세 연만하신 그 시절 울 엄마도 한번 일어서려면 몸풀기가 더디셔서 아이고! 신음하시며 반나절을 굴리셨지.

녀석의 움직임을 한 이틀 살펴보니 먹고 싸고 날 보는 외엔 해종일 자는 놈이 어쩌다 몸부림칠 땐 저도 몰래 앓는다. 엊그젠 날 찾다가 강언덕에 굴렀기에 자리보존 걱정되어 구석구석 만져보니 웃다가 소스라치다 종잡을 수 없구나.

무정한 세월 앞에 어느 장사 있으랴만 아무리 늙은 개라 생명 있는 짐승인데 이대로 죽게 두면 미안하고 후회될 터. 혹시나 고칠 수 있나 병원을 찾아간다. 악착같이 따라다닌 자동차 여행마다 이동용 바구니에 코를 박고 자던 놈이 오늘은 흔들리는 차에 깽깽 잉잉 괴롭구나. 어리광이 몸에 배도 엄살은 아니려니, 방법이 없나 싶어 마음이 또 짠-한데 놈과 나 번갈아 보던 젊디젊은 수의사가 '늙은이 밤새 안녕'이니 남은 생을 살피란다.

그렇지, 세상살이 생로병사 아니려나. 애탕개탕 몸부림에 천년 살 듯 동동대나 한세상 뒤돌아보면 일장춘몽 그것이리. 십여 년 귀염둥이 초롱하던 네 어미도 한세월 어느 날엔 두 발 오그리더니 '가느냐' 물을 틈도 없이 불귀의 객 되더구나. 만지면 몽실몽실 보드랍던 몸뚱이가

 강마을에 묻힌 서사

천만 길 검은 땅속 뿌리를 뻗쳤는지 얼음장 냉기를 뽑아 발끝부터 식더구나. 애교 뭉치 표정으로 날 보며 웃던 눈은 제풀에 반쯤 닫고 촉촉한 콧잔등은 까칠한 풀잎 되어 애틋할 겨를도 없이 쌀쌀맞게 가더니라.

늘푸른 강물 위의 청청한 우리 인생. 유수 같은 세월 흘러 손발도 어눌하고 눈도 귀도 흐려질 날 머잖은 우리 모습을 너를 통해 미리 본다. 이 세상 숨탄것들 생자필멸生者必滅 회자정리會者定離라. 늘 잊고 살다가도 세상사 나고 죽음을 너로 하여 다시 본다.

아무렴 그렇거니. 어차피 가야 할 길에 미운 정 고운 정도 다 떼고 가는 길을 생전의 고운 모습 미련 남겨 무엇하리. 김해벌 너른 들에 굽이지는 저 물길도 넌출지고 소쿠라져 반짝이던 추억이라. 한때의 영롱한 삶은 나 띨치고 흐르누나.

한집에 부대끼며 함께 누린 행복 세월, 가는 이를 어찌하랴. 한지에 고이 싸서 강마을 뒷산으로 어화넘차 올라가니 북망이 멀다더니만 대문 밖이 저승이네. 일점혈육 자식놈은 제 어미 떠난다고 눈알 휘둥그레 귀 쫑긋

코 킁킁대며 담 너머 우짖는 소리 산기슭을 다 적셨지.

낮은 등성 양지 터에 꼭꼭 묻고 돌아서니 솔숲에 이는 바람 내 맘인 듯 스산하네. 세상의 인연을 접고 떠나는 이가 무얼 알랴. 너는 가고 나는 남아 이별의 슬픔은 오직 남은 자의 몫이려니…:

 강마을에 묻힌 서사

그리운 치마폭 - 애견 12

흘러 일천삼백 리 낙동강 긴 물길을 하염없이 보노라면 짧지 않은 내 한생이 잔물결로 되비친다. 저 강도 가슴 깊이 흙탕물을 품고 살아, 첩첩 계곡 낭떠러지 내리막길 돌부리에 상처 난 붉은 물길을 다독이며 흐르나니. 서럽게 굽이지는 푸르른 강물 보면 저 강도 오늘 하루 외로움이 깊나 보다.

너도 늙고 나도 늙어 무릎이 저린 오늘, 강언덕 잔디섶에 무릎 펴고 앉았노라니 강아지도 쓸쓸한지 게슴츠레

눈빛 담아 품으로 안겨드네. 촉촉한 콧잔등을 서로 마주 비비다가 복슬복슬 털을 스쳐 뱃가죽을 더듬으니 손끝에 오돌도돌 알갱이가 만져진다. 이 작은 젖꼭지들로 새끼들이 크는구나. 팥알만 한 젖꼭지가 열 개나 달렸는데 자연분만 옛 생각에 한 놈만 건진 꽃잎. 한밤중 동동거리던 네 생일이 어제 같다.

개들은 개끼리도 엉기는 건 질색인데 그 많은 어미젖 독차지한 10년 세월. 한 밥통 한 방석 놓고 함께 뭉쳐 살았니라. 네놈이 앵앵대면 못 이긴 척 양보하고 파고들면 품어주던 어질디 어진 어미. 뒷산에 묻힌 그날을 기억이나 하느냐.

무릎에 올라앉은 강아지를 어르다가 이 작은 젖꼭지도 어미의 젖이라고 열없게 울적한 오늘 어머니가 그립구나. 어머니 젖꼭지를 이별한 지 수십 성상. 일고 잦는 풍랑 속에 기억도 흐릿해져 잊은 듯 살아가지만 잊힐 리야 있겠느냐.

거친 바람 긴 강둑에 비 오고 눈보라 쳐도 병풍으로 막아주던 갈대숲 우리 엄마. 어머니 치마폭 같던 그 언

 강마을에 묻힌 서사

덕에 기대앉아 홍수야 얼음이야 뒤엉긴 강물 속에 내 가 슴 겨운 사연들 총총 엮어 던져보자.

파란만장 굽잇길에 하염없는 인생살이, 사는 게 버거운 날은 강으로 나가보자. 물길에 일렁이는 열아흐레 둥근달이 편편片片이 저미는 강을 멍멍개야 너도 가자. 꽃구름 먹구름이 일고 잦는 물길에도 강이사 무심한 것 그냥 저리 흐르는 것. 가슴 속 겨운 사연들 강물 위에 던져보자. 거친 길 바람 언덕 비 오고 눈보라 쳐 이런 일 저런 사연 뒤엉긴 앙가슴에 말없이 흐르는 물도 조각조각 아픔이리.

먼 강둑 나뭇가지 오종종 맺은 꽃도 스스로 솎아내며 사을을 딩기는데 우리네 발긷마다 열매 되어 반짝이랴. 사람들 사는 길은 가슴 저며 뿌리는 일, 강언덕 물길 따라 버거운 인생살이라. 한 생애 긴 퍼즐에 꽃 그림만 있다더냐. 물안개 자욱한 강에 피고 진 계절 속에 꿈으로 익은 열매, 흉터로 아문 상처. 인간사 기쁨 슬픔이 모다 꽃잎 아닐러냐.

열아흐레 둥근달이 세세연년 떠 있으랴. 초승달 넘어

가자 동산 너머 오는 그믐, 화무花無는 십일홍十日紅이요 달도 차면 기우는 것을. 핀 꽃은 다시 지고 나뭇잎도 지는 것을. 한세월 살다 보면 기쁜 일만 있겠느냐. 하루해 걷는 길에 중僧도 속俗도 만나는 삶. 가슴 속 상처 없는 그런 사람 있겠으랴. 마을을 지키고 섰는 저 언덕 당산목도 밀어닥친 여울목에 마디마디 옹이가 맺혀 찢기고 뭉개지고 휘어진 등짝이리.

누가 나를 안아 무릎 위에 올려놓고 너처럼 어르면서 굴리고 쓰다듬어 가슴 속 숨긴 사연들 들어 줄 이 없을까. 아리고 슬픈 사연 낱낱이 일러바치면 '그래, 그랬구나.' 내 등을 토닥이며 철부지 서러운 마음 달래 줄 이 없을까.

강마을 들녘에도 더러는 된바람 일어 뒤척이는 샛강물의 잎잎이 떠는 물결. 긴 세월 굽이치는 온갖 사연 다 알아도 무심한 강물이사 그냥 저리 흐르려나. 꽃구름 먹구름이 일고 잦는 물길이라 강자락 넓은 가슴에 다 품어 주던 물길인데….

애바삐 말 못한 채 이리저리 궁글린 삶을 이 세상 어

느 뉘 속살속살 알겠느냐. 남모른 깊은 상처 앙가슴에 품었어도 나이 든 어른이라 안 그런 척 사는 것 뿐. 슬픈 일이 없겠느냐 아픈 일이 없겠느냐. 더러는 억울한 일로 애먼 하늘 원망도 하고, 밭은 숨 몰아쉬며 긴긴 밤 지새 는 것을….

낙동강 먼 상류쯤 소나기가 내리는지 먹구름 하늘가 에 번갯불 번득이고 아득한 천둥소리가 여운으로 울린 다. 갈대숲 흔들리며 내 맘도 스산한 오늘, 어릴 적 울 엄 마를 다시 볼 수 있다면 포근한 치마폭에 얼굴을 푹 파 묻고 한나절 그렇게 안겨 그냥 엉엉 울고 싶다.

추억어린 상념 - 애견 13

깜지의 일점 혈육 내 사랑 꼬맹이 예삐. 애견을 무릎에 얹고 시를 쓰고 있노라면 애들 떠난 빈자리를 강아지가 메운다며 묘한 표정의 아내는 질투 섞어 웃었다. 강아지랑 살다 보면 슬픈 일도 더러 생겨 정든 놈 죽던 날은 전화로 울먹이더니 또다시 개 잃을 일이 생각만도 쓰리나 보다. 밤새 안녕 할미개를 안쓰러워 쌓더니만 늙어버린 개 모습이 나에게도 비치는지 강아지 기르는 것도 이 녀석을 끝으로 마침표를 찍잔다.

쓸쓸할 노후에는 애견만 한 벗이랴만 얽매임도 번거로운 우리 나이 이쯤 되면 만남도 아픈 이별도 추스르기 어려우리. 돌이켜 더듬어 보니 뒹구는 재롱으로 궁글리는 그 재미로 함께한 기쁨 슬픔 원 없이 누렸구나. 기나긴 강둑에도 바람 불고 구름 일어 샛강변 흐름 따라 닿고 얽인 숱한 물길에 스쳐간 옷깃 인연이 어디 한둘이겠는가. 무심한 발길 옆에 피고 진 풀꽃하며 머리 위 그림자 진 허공의 철새하며 애태워 종종거리며 길목길목 뿌린 흔적들. 꽃뿌리 돌부리를 휘돌아 온 앞강물이 을숙도 먼 바다에 풀어지는 발길 보면 세상사 연緣을 접을 일이 강아지들 뿐이랴….

초겨울 해질 무렵 강바람 스산한 날 녀석을 데불고 강둑으로 올라보니 서산에 엷게 번지는 저녁놀이 서럽다. 낙엽 지는 나이에는 이별도 힘겨운 터라. 수수만년 흘러내린 유유한 물길 위의 허허한 바람 소리. 우리네 먼 추억들 강물 위에 뿌렸으니 아련한 달빛 무늬를 조각조각 모아보자. 이후론 개를 길러 정 줄일 없으려니 지난날 꽃잎 인연의 애견들을 모아본다.

머나먼 섬광 따라 기억이 분명한 애견, 그렇지 그 멋쟁이 내 생애 최초였지. 행동이 워낙 재빨라 '번개'라는 그 이름. 시오리 하굣길도, 동무 집 마실 때도 김해벌 너른 들을 어느새 달렸는지 등 뒤에 느낌이 있어 돌아보면 와있고. 초등학교 초여름에 너와 나 맺은 인연. 보리 이삭 주운 값을 부모님께 받아 사서 동네가 다 아는 〈내 것〉, 동무들이 부러워했지. 손위도 많고 많은 층층시하 막내둥이라, 윗사람 명령대로 낯선 집 데려 갈 땐 소문난 멋쟁이 개라 빌려주는 줄 알았지. 어둑한 헛간에서 개를 뺏은 아저씨가 목에다 줄을 묶고 서까래에 거는 순간 놀라서 되돌아설 때 '깽' 하던 비명소리….

자취방 총각 시절 이름 잊은 그 강아지, 산비알 좁은 부엌서 얼매나 답답했을꼬. 아이들 태어난 후 가족으로 맞은 놈들. 초롱이 구슬이 까치 아롱이에 진돗개 재롱이 녀석 병이 들어 죽었지. 눈물짓는 애들 앞에 내 눈물 감추느라 이까짓 개 때문에 사내들이 우느냐고 괜스레 헛고함 치며 뒷산으로 달렸지.

초복날 얻어와서 이름이 된 초복이에 순돌이 순심이

차돌이 순둥이. 아줌마 뒤꿈치를 문 얄망스런 아롱이.
아파트 유행 따라 흔들리는 고공에서 아이들도 떠난 집
의 텅 빈 맘 허허하여 고심에 고심을 하다 방에 들인 깜
지 녀석. 세상에 이런 꽃잎, 산 인형이 있었다니! 뱅글뱅
글 재롱둥이 콩알만한 강아지랑 어릴 적 내 소원대로 밤
낮 함께 뒹굴었지.

깜지의 일점 혈육 수술로 얻은 예삐. 콧수염 송송 돋
은 엉성한 밤송이가 함께 한 긴 세월 속에 너도 늙고 나
도 늙고. 이놈을 바라보면 온갖 사념 섞여 들어 때로는
부모님 생각 더러는 자신 생각. 내 시의 주인공 되어 신
문에도 얼굴 났지. 영리한 버꾸놈도 애견사설 주인이나
제 발등 제가 찍어 울타리 뚫고 니가 신문사 사진 찍던
날 구름이가 들어왔지. 예삐가 있는데도 억지로 맡은 억
구, 전원주택 옮기면서 주인에게 돌아갔지.

부엌에서 좁게 산 놈 마당에 묶여 산 놈, 옥상에서 홀
로 산 놈 방에서 같이 산 놈, 강마을 전원주택에 유유자
적 뒹군 놈들….

지금까지 남은 예삐 네 모습 살펴보니 짧지 않은 세

월 속에 너나 나나 빛이 바래 갈대꽃 흩날리는 서낙동강 강둑길도 내년쯤 산책길에는 나 혼자서 걷겠구나.

잎잎이 일고 잦는 기억의 편린이사 천리길 낙동하구 을숙도 이쯤 오면 난바다 수평선 너머 아스라이 잠길 사연. 잊혀질 사연이야 부질없다 하더라만 천 갈래 물길 속에 한 줄기 인연 찾아 짧아서 설운 세월의 흔적들을 찾아보자. 한 방울 물이 되어 이어내린 우리네 삶. 휘몰이로 종종치고 중몰이로 휘어지다 진양조 선율로 흘러 굽이굽이 엮었으리.

물방울들 부대끼며 수수만년 흐른 강은 세월의 가슴폭에 뜬구름을 싣고서도 제 떠난 빈 물길에다 꽃구름을 채우느니. 비우고 채우는 게 강물만 그러하랴. 풀섶에 우는 벌레 강둑에 섰는 나무, 그네들 떠난 자리가 텅 빈 채로 남았으랴. 나비 되어 훨훨 떠난 늦가을 나뭇잎도 계절이 걸터앉은 허허한 실가지에 봄소식 손차양하는 겨울눈 冬芽을 남겼더라.

사는 게 시들한 날은 강으로 나가보자. 은빛 금빛 반짝이는 추억의 물길 찾아 멍멍개야 너도 가자. 물길은 흘

러가도 강은 그냥 남는 것을. 한 생애 흘러내린 긴긴 강

둑 저 상류쯤 아스라이 이어지는 또 하나 저 물줄기. 보

아라, 우리 인연의 꽃가루가 아니랴.

제2부

이웃사촌

청산은 나를 두고 멧새가 되라 한다

솔바람 속 개여울의 현악기 선율 맞춰

능선을 타고 흐르는 메아리로 살라 한다

강江은 또 나를 불러 물새가 되라 한다

굽이굽이 이어내린 물이랑 춤사위로

강둑에 한들거리는 풀꽃으로 살라 한다

「청산별곡 - 낙동강.160」

상견례 - 쥐 1

지겨워서 못 살겠다! 네놈들, 날 밝으면 3족을 멸할 테다. 이 세상 온갖 소리 하고많은 소음 두고 쥐 죽은 듯 고요하단 말 오죽해서 생겼겠냐만 천장에 바스락대며 날 밤을 새게 하다니!

새마을운동 옛 시절에 우리 모두 잘살아 보자고 초가삼간 헐어 뭉갠 슬레이트 지붕이라. 이 집 수리할 제 깨진 조각 새로 갈고 촘촘 패인 숱한 홈을 빈틈없이 막았거늘 영악한 잔머리 굴려 옥탑방에 들었구나. 천장의 밑

바닥을 빗자루로 치다 못해 니야옹 옹야옹 고양이 소리
도 내보지만 제 놈들 잡은 터가 난공불락 요새라고 온
가족 꼬리를 물고 가가대소 난장亂場이다.

배은망덕 교활한 놈들. 맘씨 좋은 집주인을 꼭지 끝
악 올려놓고 살아남길 바라느냐. 터알에 구멍 판들 내 언
제 뭐라더냐. 내 담장 드나든들 집세 한 번 내라더냐. 흙
밟고 살던 인간 세월 따라 생각도 변해 시대의 바벨탑인
아파트가 인기라더니 네놈도 흙집 버리고 공중으로 들었
구나.

아무리 생각해도 알 수 없는 노릇이다. 벽돌로 덧쌓
은 벽을 어찌 뚫고 들었으며 단단한 천장 바닥은 또 왜
그리 울리는지. 강변 낡은 동네 집 잘 꾸미기 무엇해서
내, 돈도 좀 아낄 겸 싼 자재 몇 끼었다만 엉악한 네놈
아니면 어느 뉘 눈치채리.

강마을 문전옥답 대를 이은 곡창지대, 이 동네 집짓
기는 가시나무 연鳶줄 풀기라. 그린벨트 절대농지 도시계
획 고도 제한이 굽이마다 벼랑이라. 이리저리 수소문한
원주민 가옥대장으로 낡은 집 작은 수리도 첩첩 난관 뚫

었느니. 네놈들 망쳐 놓은 상하수도 전기공사, 이 공사 하나에도 천만 서류 찍은 도장. 돈 사정 뻔할 뻔자에 어찌 다 책대로 하리. 부실에 날림공사 우후죽순 아파트도 쥐들이 날뛴단 말 듣도 보도 못했는데 공짜로 세 든 놈들이 집주인을 못살게 한다.

주야장천 쉬지 않고 너가 갉는 이 집도 알고 보면 복福 덩어리. 물도 땅도 풍광도 좋아 네놈들 모여든 곳. 강마을 그림 한 폭을 네 이빨로 망칠 테냐. 이빨이 고장나면 치과로 가야 할 일. 요즘 치과 기술 좋아 교정에서 의치義齒까지 복지福祉도 다양해져 보험 되고 보호 되어 옥탑방 다자녀多子女 가구 웬만하면 공짜니라.

네놈들 짓거리가 미련하고 한심하다. 꼴에, 들은 건 있어 치아 관리 한답시고 서까래는 치간칫솔 전깃줄은 치실 삼아 소리도 못 살겠지만 멀쩡한 집 다 부순다. 지붕이 폭삭하거나 누전으로 불이 나면 아래층 사는 나야 문만 열면 땅이지만, 위층에 갇힌 네놈들 압사 아니면 통구이라.

인사유명人死留名 호사유피虎死留皮 옛말이 옳다마는 같

 강마을에 묻힌 서사

잖은 네놈들이 무엇인들 남길쏘냐. 쥐 죽속 네 주제에 이름이 남겠느냐. 엉성한 네 몰골 보면 가죽인들 쓰겠느냐. 네놈도 축생畜生이라 고기는 남겠지만 만고강산 먹거리들 샅샅이 다 뒤져도 발 달린 쥐포는 없고 쥐바베큐 없더니라.

쥐같이 생겨 먹은 얄미운 녀석들이 풍광風光 보는 안목은 있네. 우리 내외 애써 가꾼 강마을 꽃 피는 집. 〈청락헌聽洛軒〉 찾은 인연 기특고 가상도 하여 내 못 본 척 나뒀더니…. 내일 날 밝기 전에 새벽같이 차를 몰아 시장통 농약방을 낱낱샅샅 다 뒤져서 〈톰과 제리〉 쥐약을 싹쓸이로 몰아 오리. 그 명약 죄다 헐어 그릇그릇 듬뿍 담아 길목마다 늘어놓고, 지상 지하 뻥뻥 뚫어 구멍구멍 쑤셔 넣어 같잖은 콧수염 털이 춤을 추게 만들 테다.

알딸딸 몽롱한 맛 그 알약 먹고 나면 온몸이 나른하여 밝은 빛이 그립겠지. 생각은 흐리멍텅 눈알은 어리벙벙 세상만사 다 귀찮아 배 밖에 간肝을 내놓고 섬돌 밑에 앉았을 놈. 동고동락同苦同樂 한 지붕의 미운 정도 정이라

니 능지처참 분忿을 참고 고통 없는 염殮을 하되 쾌재快哉

라, 상여노래하며 수목장樹木葬을 시킬 테다!

 강마을에 묻힌 서사

층간소음 - 쥐 2

사부작 갉작갉작 찍찍쿵 우다다닥! 고막을 갉아먹는 따가운 귀청 소음에 뒷골이 흔들흔들 내 가슴은 벌렁벌렁 두근반세근반이라. 진절머리 저 소음에 귓바퀴를 노로 접고 웅크려 생각하니 네놈들이 괘씸하다. 네놈들 방바닥이 내 천장인 줄 몰랐더냐. 편리한 아파트 붐boom 이해는 한다마는 남의 집 천장에 살면 염치 하나는 있어야지.

무슨 놈의 경기인지 밤새껏 시합이냐. 울리는 소리

보니 바닥 경기 분명하다. 긴 밤 내 쿵쾅대는 네 새끼 몇 두름이며 팀team은 또 몇 개더냐. 리그전 풀게임에 공소리 아이소리. 무슨 반칙 저질렀는지 간간 들리는 어른 소리. 에미 애비 함께 뛰는 몰염치 한마당이라. 평소에 무너진 권위 영令이 설 리 있을 테냐. 저런 아이 밖에 나가식당서도 동동 뛸 터. 길 잘못 든 아이들은 낮밤도 바뀌느니. 밤새운 오락娛樂 폭주족暴走族 이런 버릇 키울 테냐.

나더러 예민하다고 오해는 하지 마라. 김해벌 너른 들에 태풍이 휩쓸던 밤 물길이 곧추서서 강둑을 내리쳐도 강마을 옹알이 삼아 토끼잠은 들었느니. 긴긴 밤 안택굿에 서일필鼠一匹의 경천동지驚天動地. 참다 못해 앓다 못해 잠 못 들어 하소연하니 제 바닥 제 뜬다고 눈 흘기는 버르장머리. 내 천장 드릴로 갈까, 예끼 이놈 돌상놈들!

시대는 평등 복지라 세입자 보호 장치 엄중하긴 하다마는 네놈들 쫓아낼 계책 한두 가지 아니니라. 주인이 직접 쓴다며 천장을 북북 찢고 지금 당장 나가라면 끽 소리 못할 놈들. 계약서가 있길 하냐 확정신고確定申告를 알길 하냐. 의회주의 짧은 역사에 골백번 더 망가진 같잖

 강마을에 묻힌 서사

은 국회라지만 그네들 아무리 미쳐도 쥐 보호법 안 만들
터. 인정 많은 주인님의 공짜 집 쫓겨나면 엉성한 털가죽
에 풍찬노숙風餐露宿 될 말이냐. 겨울강 칼바람에 온 식구
밤새 떨다 아침에 눈을 뜨면 동태 뭉치로 나뒹굴 핏덩이
네 새끼들은 생각만도 아슬하리.

돌아누워 생각하니 네놈이 불쌍하다. 딸 아들 구별
없이 하나만 낳더래도 골첩첩 험난한 세상에 애 키우기
버거울 터. 자식 둔 부모는 알 숨겨둔 새와 같아 자나 깨
나 천적 조심 근심 걱정 태산이라. 자식은 애물단지 시집
장가도 안 간다는데. 포도송이 DNA인지 줄줄이 새끼 달
아 삑, 하면 후벼 뚫고 찍, 하면 물어뜯어 셋집 하나 얻기
힘들어 내 천장에 들었겠지.

산기슭 갈딱고개 굽이굽이 오르락거리며 방 한 칸 찾
아 헤맨 우리 젊던 그 시절엔 집 없는 부모네들 설운 사
연도 많았지. 주렁주렁 자식 달린 슬픈 가장 집 얻기란
높고 비탈진 달동네에서도 코앞의 별 따기라. 이 골목 저
산동네 전봇대 다 뒤져도 셋방 얻기 난감하여 코미디로
짜낸 묘안 네놈도 들었겠지. 부모는 골목 뒤 숨고 아이들

앞세워서 우리 딸린 식구는 부모님뿐이라고…. 집 없는 드난살이 그 설움 내 알기에 방세는 고사하고 구석구석 싸고 쏟는 변소세도 안 받건만 축생畜生이 배신한 일은 인간사에 첨이로다.

요즘같이 좋은 세상 한 번뿐인 허무한 삶. 시대를 거스르는 낡고 낡은 생각으로 우루루 자식 낳는 그런 사람 드물지. 우리들 옛 시절엔 산아제한 피임시술 임신중절도 장려하고 많이 낳아 고생 말고 적게 낳아 잘 키우자며 둘 이상은 못 낳도록 나라에서 협박했지. 세 번째 낳은 자식은 온갖 혜택 다 뺏어가 의료보험, 학자금 융자 국가 혜택 싹 없애고 만만한 공무원들 승진길도 막았더라. 산아제한 그 홍보는 불멸의 명약인지 곡식이 넘쳐나는 이 시대에 빛을 보네. 젊어서 자식 수발은 늙어 평생 골병이라. "둘도 많다"는 그 말 너머 무자식이 상팔자란다. 정치 행정 백년대계百年大計는 국리민복國利民福 큰뜻이라, 무사안일 그 통계는 엉터리가 맞다마는 나라에서 하는 계획에 그른 일 있겠느냐.

네놈도 알다시피 내 직업이 선생에다 무자년戊子年 자

시생子時生에 성姓마저 서가徐哥이니 서생원鼠生員 너와 맺은 천생天生의 인연이 중해 딱 한 수만 가르쳐 주마.

"무턱대고 낳다 보면 거지꼴 못 면한다"고 아이 셋 낳는 백성 야만인 취급할 때, 아내들 맘졸이며 산부인과 들어서고 예비군 남편들은 바지 잠시 벗었노라.

생포 - 쥐 3

〈S#1.〉

오호라, 쾌재快哉로다. 네놈이 잡혔구나! 구르고 내달리고 똥 싸고 기둥 갉고 밤낮을 못살게 굴던 만고역적萬古逆賊 죄값이라. 네 한 놈 잡으려고 전통 방법 현대 기법 주경야독 연구 끝에 곳곳이 놓은 지뢰. 알약 가루약에 벼락틀 끈끈이까지 그물망 용케 피하다 쥐틀 속에 간혔구나.

동방은 예로부터 학문의 격이 높아 네 쬐끔 지식 있

어 벼슬이 생원生員 되어 신책神策이 구천문究天文이요 묘산妙算이 궁지리窮地理라 소문은 났더구나. 허나 이것은 낡고 낡은 옛날 버전version 살수대첩 옛이야기라. 손자병법 마스터 후 현대기술 융합한 칠종칠금七縱七擒 내 계략을 피할 수 있을쏘냐.

얄미운 이웃사촌 얼굴 한번 맞대 보자. 조그만 쇠틀 속에 털끝 하나 안 다치게 곱게 곱게 생포한 포로. 너랑 나랑 산 대면은 오늘이 처음이라. 드물게 얻은 기회 쥐틀을 궁글리며 요리조리 살펴본다. 샐쭉하다는 소문과 달리 동그랑땡 새까만 눈. 마주치기 민망해서 곁눈으로 얼핏 보니 생각보다 큰 덩치에 탄탄한 근육질의 네 다리가 옹골차네. 네놈 순간 점프력이 저 다리에서 나오는구나. 뾰족한 주둥이에 동그랗고 아담한 귀, 소문보다 훨씬 더 긴 매끈한 꼬리 하며, 날카로운 앞니 한 쌍에 빳빳한 콧수염이 듬성엉성 가소롭다.

어차피 조져야 할 놈 어떻게 요리할까. 이마에 꿀밤을 줄까 코를 쥐어박을까. 주리를 틀어줄까 물고문을 시킬까. 망나니 고양이 불러 목을 뎅강 자를까. 먹도 싸도 못하도록 뾰족한 앞니 뽑고 똥구멍을 꿰매줄까. 오라를 칭칭 동이고 큰칼 목에 씌워 동네방네 다니면서 돌림매를 치게 할까. 이 동네 유명 꽹사 정중히 모셔와서 꽹과리 징 북 장구채로 죽도록 패어줄까. 때마침 난타亂打를 불러 특별공연 하게 할까.

아서라, 내 손 더럽힐라. 떼거리로 사는 놈들 한 놈 죽여 무엇하리. 털 뽑고 발톱 빼고 수염은 불로 지져 흉측한 몰골 만들어 다시 살려 보내자. 네놈 살아가면 온 이웃이 다 보고는 이 집 주인 악질이라고 샛강 타고 소문 퍼져 제 족속 몽땅 데불고 이민이나 가게 하자.

쥐틀에 갇힌 놈을 꼬챙이로 갖고 놀다 아차, 내 손가락! 깜짝 놀라 잠을 깨니 천장엔 쥐들의 천국, 남가일몽南柯一夢 허사로다.

〈S#2.〉

야호, 걸렸구나! 이번엔 틀림없다. 간밤엔 샛강둑에 벼락이 때리더니 영악한 네놈 잡으라고 하늘이 도왔구나. 구석을 다니거든 흔적이나 남기지 말지. 네놈들 길목

길목 감쪽같이 숨겨둔 덫 아무리 신출귀몰해도 벼락틀
은 못 피하지.

사람들 곁에 살아 영악해진 이놈들이 조심스런 꾀는
있어 목이 뎅강 안 찍혔네. 벼락틀에 올려놓은 비릿한 꽁
치 꼬리. 약게 약게 건드리다 발목이 잡힌 꼴에 아직도
건재하다고 아가리를 짝짝 벌려 호기까지 부린다.

네 이놈, 괘씸한 놈 한 방에 끝내주마. 단매에 때려잡
을 몽둥이 찾으려고 어수선한 보일러실을 이리저리 뒤지
다 보니 쾌재라, 겹경사로다! 고물고물 새끼 있네. 마른
풀 헝겊 조각 차곡차곡 포개놓은 포근한 이불 속에 오글
오글 엉긴 놈들. 포로로 묶어 잡은 일가족 일망타진. 자
상仔詳히 살펴보니 열 마리 남아 되는 눈도 안 뜬 쥐새끼
다. 털도 한 올 나지 않은 야들야들한 뱃가죽 보니 한 소
쿠리 몰아잡은 기쁨도 순간일 뿐. 아무리 웬수라지만 새
끼는 다 아픈 법.

그래, 그랬구나. 장독 뒤 놓은 쥐틀 여기까지 끌고
온 사연. 발목을 엮은 쥐틀 피 흘리며 끌어당겨 제 품에
새끼 품으려 가시밭길 걸었구나. 추적추적 내리는 비 온

몸에 맞으면서 밤새워 갉아 뚫은 보일러실 문짝 구멍에 쇠덫이 걸렸구나. 빗물 젖은 회색 털을 빳빳하게 세운 어미는 새끼를 지척에 두고 앙상한 발목뼈에 핏빛이 선명하다.

새끼들 뱃가죽은 바람 빠진 풍선 되어 등짝에 붙었는데, 어미 배 살펴보니 젖이 퉁퉁 불었구나. 쥐약을 먹여야 하나 어미젖을 물려야 하나.

세상은 참 묘해서 유별난 취미도 많아 개나 고양이도 반려동물 되는 인심. 이 세상 애완동물 낱낱이 뒤져봐도 쥐 데리고 사는 사람 어디 그리 흔하던가. 살려도 웬수 될 인연, 저 핏덩일 또 어쩔꼬.

하소연 - 쥐 4

<S#1.>

이놈의 쥐새끼들! 참고 참고 견디다 못해 머리 끝 약이 올라 천장을 북-찢어서 쥐약을 확- 뿌렸더니 놈늘이 바닥을 치며 밤새도록 곡哭을 한다.

아-고, 원통해라! 무도한 인간들이 쥐를 못살게 군다! 멀쩡한 제 천장을 갈기발기 찢어놓고 쥐약에, 온갖 쥐틀에 불쌍한 쥐 씨 말린다!

걸음걸음 지뢰밭 사나운 우리 팔자. 알약 가루약에 벼락틀에 가두리에 쇠창살 끈끈이까지 그물망 촘촘촘 놓아 죽은 식솔食率 얼마던고. 먹다 죽고 묻혀 죽고 찍혀 죽고 갇혀 죽고 몸통에 구멍 나고 끈적끈적 달라붙은 생목숨이 얼마더며 인간들 마당 어귀에 수목장樹木葬이 얼마더뇨.

영악한 인간들이 '서생원鼠生員' 벼슬 주곤 고양이 없는 세상 화평천지和平天地 만든다고 자축인묘子丑寅卯 진사오미辰巳午未에 신유술해辰酉戌亥로 줄 세웠지. 내 꾀가 좀 영리해 달리기 잘했기에 십이지十二支 맨 앞에 서서 속은 세월 또 얼마뇨. 뱀巳에게 감겨 죽고 닭酉에게 쪼여 죽고 개戌에게 물려 죽고 돼지亥에게 뜯겨 죽고 운수가 사나운 놈은 소丑 뒷발에 밟혔구나. 호랑이寅는 고양이과 말午 발굽이 소 발굽이라 뱀보다 더 무서운 용辰트림에 박살나니 교활한 인간 심보를 어느 누가 당해내랴.

세상에! 그뿐이랴. 쥐볶이날 정해 놓고 정월달 쥐날子日에는 집집이 콩을 볶으니 내 볶여죽는 것이 그리도 고소하더냐. 남은 그 불씨로 쥐불까지 놓았으니 무지몽매 인간들이 우리 조선 무릉도원 금수강산 다 태운다! 임진 왜란 정유재란 참혹한 전쟁 중에 악랄한 왜놈들이 우리 어진 백성님네 귀와 코를 베가더니 개화되고 해방된 대명천지大明天地 호시절에도 쥐꼬리를 잘랐구나.

날은 가고 달은 와서 달마다 25일은 쥐 잡는 날로 정해 놓고 전국 학교 학생들도 쥐 잡아라 숙제 냈지. 소먹이랴 빨래하랴 일손 돕는 아이들이 가짜 쥐꼬리 만든다고 오징어 다리만 몰래 잘라 요리조리 설핏 구워 선생 눈을 속였더구나.

천장의 쥐새끼들 삼이웃들 다 모여서 애고-배고! 가슴 치며 밤새워 구르는 통에 핏발 선 내 눈알이 아침해로 솟았는지 태양도 산산조각 나 앞강물에 떠가는구나.

⟨S#2.⟩

날마다 밤은 오고 또 밤마다 겪는 전쟁 정말 신물이 난다. 돈 들여 지는 내 집 이 고생이 웬말이냐. 와지끈! 천장을 뜯어내고 엉성듬성 서까래를 하염없이 바라보며

비몽사몽 누웠는데 쥐들이 벽을 갉으며 꺼이꺼이 울음
운다.

　야속하다, 인간 심보! 서러워라 드난살이! 고대광실
넓은 집에 이왕지사 빈 공간을 방 한 칸 빌려주는 게 이
다지도 인색하다. 원통절통 억울하다 악질적 비방 욕설.
잡다잡다 못 당하니 생트집이 다반사라. 무정한 인간들
아, 니네들 숱한 악행 중 여론몰이 유언비어 잠시잠깐 들
어봐라.

　쥐새끼는 약은 자에 쥐포수는 옹졸한 자요 쥐정신은
건망증에 하찮은 건 쥐코밥상. 같잖은 일을 벌이면 쥐구
멍에 홍살문이네. 벼룩이 옮기는 병을 서역鼠疫이 웬 말이
냐. 인간들 저들끼리 에이즈 옮기거늘 너네들 그 잘난 책
에 인역人疫이라 썼더냐. 갈수록 태산이라 근거 없는 허위
날조! 동그란 예쁜 눈을 샐쭉하게 그리더니 길고도 멋진
꼬리도 쥐꼬리라 헐뜯구나. 어디 그뿐이냐. 쥐깨 쥐다래
쥐강냉이는 또 웬 말이냐. 곡식도 열매도 작은 것들 이름
앞에 하고많은 동물 두고 하필이면 쥐로구나.

　　　　강마을에 묻힌 서사

천지만물 숨탄 것들 제집이 없는 짐승 세상천지 어디
있더냐. 안분지족安分知足 몸에 배인 우리네 단칸방을 허
다한 구멍 다 두고 쥐구멍이라 비웃는다. 그래 한번 따져
보자. 겉으로 멀쩡한 자 숨긴 악행惡行 들통날 때 쥐구멍
없었다면 구겨진 그 체면을 어디 숨어 피할 테냐. 오늘도
또 내일도 힘겨운 세상살이 행여나 대박 터져 쥐구멍에
볕이 들까 두어 장 복권 사들고 애타는 이 한둘이냐.

무도한 인간들아 자지 말고 더 들어라! 쥐뿔도 모른
다는 말 실상은 뿔 아니고 수컷의 양물陽物인즉 쥐 X도
모르는 인간이 아는 체 하는도다. 조물주 천지 창조 제
각각 뜻 있는 바 그 뜻을 못 살릴까 성철스님 하신 말씀
'산은 산 물은 물'이라고 억지소리 질타했지.

긴 밤 내내 쏟아지는 끝없는 하소연에 잠자기 영- 글
렀네. 신새벽 강언덕에 오척 단신 올라보니 유유한 낙동
강도 무슨 바람 불었는지 치는 물결이 어지럽다. 저게 웬
일인고 손차양을 하고 보니 일렁이는 잔물결이 낱낱이
쥐가 되어 칠백 리 긴 물길 따라 떼거지로 달려온다.

협상 - 쥐 5

유구한 인간사에 방방곡곡 가가호호 주야장천 골칫 거리 수많은 쥐새끼들. 네 이놈, 고얀 놈들 맘껏 날뛰거 라. 모두들 배고프던 후진국 그 시절에 달마다 날 잡아 서 전국민 단결하여 쥐꼬리 자르던 운동 실패한 일 나도 안다. 지구가 멸망해도 네놈은 산다더라만 지금이 어떤 시대냐. 네 종족 씨 말릴 묘책妙策 천만 가지 더 되니라.

동서양 무론하고 쥐와의 무한 전쟁 성공한 적 없다 해도 새로운 개발 병법兵法 일취월장 중이니라. 이 비법

강마을에 묻힌 서사

알게 되면 털가죽 네놈들은 모골이 송연해져 전자파 벼
락 맞은 흉측 몰골 될 거다. 어디 한번 들어봐라.

별주부 토끼 꾀듯 감언이설 유혹하기, 장끼를 홀려
놓는 진수성찬 차리기는 우아한 고전古典 수법이나 네놈
한테는 과분할 터. 익히 들은 처방법인 가루약 묻히기나
알약 처먹이기는 애매한 이웃 동물 덩달아 죽게 되니 생
명 존중 현시대의 몰지각한 사고방식. 가두고 나꿔채고
끈적끈적 붙이는 건 손쉬운 전통 방법이나 시대 역행의
폭력 수단. 바야흐로 이 시대는 첨단과학 전성시대라. 바
이오bio 생명공학 전자칩 로봇공학 의학적 정신 분석에
행동제어行動制御 기술도 있다.

하고많은 기술 중에 어떤 것을 선보일까. 네놈들 게
놈genome 구조 이미 다 그렸으니 바이오 테크놀로지bio-
technology 임상실험도 좋으렸다. 가임可姙 쥐들 몽땅 엮어
고양이 유전자 심어 천적끼리 공존하게 네놈 형질形質 바
꿔볼까. 생각만도 소름 돋는 고양이털 송송 심어 자나깨
나 밤낮으로 온몸이 근질근질, 가시는 걸음걸음마다 알
레르기 일게 할까. 뾰족한 고양이 발톱 네 발등에 나게

한 후 이놈의 발톱들이 틈만 나면 솟구쳐서 제 몸에 구멍을 내서 벌집으로 만들까.

아니다, 차라리 고양이 본성을 이식하여 피아간彼我間 구분도 모른 적과의 동침同寢으로 쥐새끼 동족상잔시켜 멸종하게 만들자. 서로 잡아먹다 마지막 남은 한 놈. 허기진 어느 날 밤 자기 살 제 갉아먹어 뼈대만 앙상히 남아 앞강물에 떠가게 할까.

왜 갑자기 조용하냐. 내 말 듣고 있느냐. 지금까지 읊은 기술 생각만도 오금 저려 3족이 오르르 떨며 오글오글 뭉쳤느냐. 무도한 네 종족이 지금껏 저지른 악행, 갉고 뜯고 구멍 내고 똥오줌 내갈긴 일을 반성문 쓰는 게냐. 예의범절 쥐뿔도 모른 주야장천 층간소음, 두 팔 들고 머리 숙여 무릎 꿇고 앉았느냐.

정말 그렇다면, 만약에 정말 만약에 쥐꼬리만큼이라도 미안한 맘 생겼다면 나도 마음 돌려 역지사지 살펴보마. 실인즉 우리 인간도 네놈들과의 무한 전쟁 지치기도 하였느니. 쥐와 인간 긴 역사에 온갖 묘안 짜내어도 장소

　　　　강마을에 묻힌 서사

불문 방법 불문 우리네 양자대결은 언제나 무승부라. 이제 잠시 마음 돌려 근본부터 돌아보자.

그래, 이 모두가 서로 사는 방법일 뿐. 미우나 고우나 한집에서 살다 보니 드는 정 나는 정이 인지상정 아니더냐. 하고많은 장소 두고 청락헌 좁은 집에 아웅다웅 사는 것도 조물께서 맺어주신 깊은 인연이러니. 인간들 세상에는 네가 나를 모르는데 난들 너를 어찌 알랴고 하소연을 하더라만 어디 우리 사이가 그렇게 허술하랴. 나도 너를 알고 너도 나를 알고 우리 하는 말도 눈치코치 알아들어 대한민국 같은 나라의 숨탄것들 아니더냐. 더 넓게 바라보니 한량없는 우주 속 지구별의 한 식구라. 수수만년 생명 역사에 너와 나 동고동락이 우연 아닌 필연이라.

천불생 무록지인天不生無祿之人에 지부장 무명지초地不長無名之草라. 그 속의 깊은 뜻은 천지무유天地無有 무익지존無益之存이라. 조물造物의 천지 창조 물물物物마다 뜻을 두어 유인唯人이 최귀最貴란 그 말 틀렸음을 나도 안다. 갚아대고 쫓아가고 그 무슨 소용이랴. 쫓기는 너는 너대로 꼬리

잘려 상처받고 나는 또 너 잡는다고 옷깃이나 더럽힐 뿐.

너와 나 귀한 일생一生도 남은 삶이 몇 날이랴. 허공
에 둥둥 떴는 구름장을 보아라. 때로는 엉겼다가 이내 곧
풀리는 뜻, 우리네 짧은 한생이 뜬구름 아니더냐. 앞들에
흘러가는 강물을 또 보아라. 파도는 파도대로 잔물결은
물결대로 부딪쳐 솟구치다가 유유한 게 장강長江이라.

창고나 딴천장에 햇볕 들 일 만무하니 쥐구멍에 볕
들려면 마당에서 살아야지. 제 각각 본성대로 전원田園
넓게 터를 잡고 아침햇살 방문 열고 저녁햇살 창 닫으며
가까운 이웃이 되어 멀찌감치 보며 살자.

살기는 같이 살되 피치 못할 우리 악연惡緣은 불가원
불가근不可遠不可近이라. 무심코 부딪히면 서로간 놀랄 테
니 이따금 궁금하면 사전에 기별하고 먼 발치 거리 두고
얼핏설핏 스쳐보자. 내 발 소리 들리거든 예닐곱 발 떨어
져서 눈인사 가볍게 던져 생사 확인 가끔 하자. 꽃 피는
봄날부터 꽁꽁 언 겨울까지 내 먹다 남은 음식 터앞에
뿌릴 테니 내 눈치 조심히 살펴 마음 졸여 배 채워라.

북망北邙으로 사라지는 천하의 영웅이나 풀섶으로 사

    강마을에 묻힌 서사

라지는 티끌 같은 미물微物이나 한세상 공수래공수거空手

來空手去요 100년도 수유須臾인 것을….

앙숙 대면 - 모기 1

산도 들도 한잠 들어 휘영청 달 밝은 밤에 강바람 소슬해도 무더운 여름이라. 낡은 집 작은 방에 딱 한 놈이 애먹인다. 천지간 고요한데 잠 살풋 들만하면 귓전에 스치는 칼날 소름 같은 한 줄 굉음轟音!

이번에는 꼭 잡으리라. 네 한 놈 꼬시려고 한 팔만 꺼내놓고 오감五感으로 엿보는 절체절명 기회 잡자. 앵- 소리 예고 이어 간질간질 촉감이면 단 한 번 마지막 기회. 따끔한 찰나 노려 이때다! 결전의 순간 탁, 하고 냅다 친들 내 살만 멍이 들 뿐. 눈에다 불을 켜지만 흔적조차 묘연하다.

칠팔월 짧은 밤을 깊은 잠은 영 글렀네. 별빛보다 맑은 정신으로 먼지만 한 흡혈귀를 요리조리 생각해도 알 수 없는 노릇이다. 어떻게 생겨먹은 기묘한 침이길래 살갗을 내리뚫고 하염없이 달라붙어 내 피를 빨아먹는데도 감쪽같이 모르느냐. 앗, 따끔! 그 순간은 네놈 이미 도망이라.

세상에 소문난 모기의 주둥아리. 살갗 찢고 혈관 뚫어 긴 대롱 깊이 찔러 피 같은 내 몸의 피 배 터지게 뽑으면서 고통도 못 느끼게 무슨 마취 기술일꼬. 귀한 피 도둑맞은 인간이 깨닫는 건 네놈이 도망간 후 느껴지는 가려움이라.

잠깐의 가려움이야 냉장고에 흔하디 흔한 얼음팩 한 장이면 어렵잖게 해결되거늘 네놈이 얄미운 건 얌체 같은 짓거리라. 허구한 동물 중에 질병 유발 최고라는 같잖은 타이틀이 무서워서가 아니니라. 전신을 감아 흐르는 내 몸의 그 많은 피 아까워서도 아니니라. 쬐끔만 달라든지, 아님 몰래 퍼가든지. 화들짝, 잠 깨워놓곤 메―롱하듯 사라지니….

눈에도 뵈지 않는 먼지 같은 네놈 두고 소음에 간지러움에 전전긍긍 한밤이네. 도대체 궁금한 건 전지전능 조물님께서 네놈을 빚은 까닭 그 사연 무엇일꼬. 내가 알지 못하는 깊은 뜻이 있을까 싶어 시대의 만능 해결사 인공지능을 모셨노라. 앙숙으로 맺은 인연 속마음을 숨겨 놓고 인간에게 유익한 점을 정중하게 물었더니 3초도 안 된 시간에 논문 같은 대답을 주네. 동물의 먹이사슬에 꽃가루도 옮겨주고 생태계 역할하는 과학 연구의 대상이라고 온갖 지식을 조목조목 뽐내는구나.

내 질문 분명하여 인간에게 유익한 점을 확실히 물었거늘 네놈들 하는 짓이 얼마나 같잖기에 똑똑한 인공지능도 질문의 주제 파악도 못하고서는 엉뚱한 근거라는 게 자연 생태계뿐이로다. 천지 만물이야 다 제 역할 있겠으나 만물의 영장인 우리네 귀한 몸을 먼지만도 못한 미물 네놈과 함께 묶어 자연의 생태계로 거창하게 대답하니 어이없고 가소롭다.

 강마을에 묻힌 서사

　피가 주식이라 암컷의 모이통이 ‘피주머니’라 부르는데 네놈들 멸종으로 이 크나큰 지구에서 영리한 인간들이 질병 연구 면역학 연구 생태학 연구를 못하겠느냐. 그래도 혹시나 해서 인공지능 다시 불러 흡혈 모기 멸종하면 그 결과를 물었더니 기계도 눈치는 있어 생각을 획 바꾸어 내 맘에 쏙 드는 명쾌하게 답을 하네.

　결론부터 말한다면 네놈들 다 죽여도 생태 붕괴는 없단다. 수천 종류 모기 중에 흡혈 모기 극소수라네. 사정이 이러하니 모기가 달려들면 헌혈하는 셈 치고 피 한 톨도 주지 말고 때려잡아 없애야 할 위험한 해충임을 알아야 한다누나. 네놈들 서식지가 극지방에서 적도까지 지구 방방곡곡이라. 몽땅 잡으려고 온갖 궁리 다 해봐도 해결책이 묘연하니 오늘은 급한 대로 내 방의 무단침입 저놈 먼저 잡아야겠다.

　칠팔월 긴긴 해에 새벽부터 시달린 몸. 논일 밭일 다 잡노라 곤고困苦한 인생살이에 이 밤 지나가면 또 힘겨울 하루 아니더냐. 어둠침침 내 눈으로 저놈 뒤를 쫓는데 순간 선회 속도가 UFO를 닮았으니 혹시나 네놈들은 외계에서 온 물것이더냐.

나도 지쳤으니 이 밤은 마음 추스려 푹푹 찌는 열대야를 문 꼭꼭 쳐닫고 잔다. 밤새워 벼르는 맘이니 날 밝으면 그때 보자. 깊은 밤 혼자 누린 주지육림酒池肉林 만찬 후에 천장에 모로 누워 붉은 배 두드릴 터. 이 풍진 세상 만나 격양가擊壤歌를 부를 네놈 그 순간이 마지막이리.

동녘바람 살랑 불어 금빛 물결 출렁이자 갈대숲 개개비가 기상나팔 부는구나. 날렵하게 일어나서 파리채 단단 들고 네놈 흔적 뒤쫓는데 문득, 스쳐드는 내 머리속 글자 하나. 오호 애재로고, 한 줌도 되지 않는 먼지 같은 벌레이나 네놈 성이 문蚊씨라니 글월문文 들었더구나.

육시戮屍로 분 풀어봐야 내 피로만 칠갑일 터라 파리채 후려패기가 썩 내키지 않는구나. 잠시 생각하다 피 한 방울 흘리지 않는 우아한 이별법을 용케도 찾았노라. 나 또한 한평생을 읽고 쓰는 서생書生이라 인정에 약한 내 맘 피를 나눈 인연으로 축문祝文을 몇 줄 섞어서 향불 가득 피워주마.

상향尙饗~

 강마을에 묻힌 서사

역지사지易地思之 - 모기 2

간들바람 건들바람 골바람 들바람에 마파람 된바람 샛바람 하늬바람…. 낙동강 강바람이 잔잔한 날 있었더냐. 실낱 같은 바람결에도 이리저리 날리는 몸, 우리네 미물의 삶이 편한 날이 있었더냐. 소리만 요란할 뿐 날갯짓 암만해도 선풍기 미풍에도 이리 빌빌 저리 뎅굴 공중제비 신세려니….

집도 절도 헛간도 없는 풍찬노숙風餐露宿 내 신세야. 껍질이 단단하나 덩치가 크길 하랴. 허공에 풀풀 날리는 티끌 같은 우리네 삶. 한세상 사는 일이 이다지도 험난하랴. 가벼운 날개 달고 매끈 날렵 모기들의 일상적 먹이래야 식물의 즙이나 꿀, 이슬이 아니더냐. 스스로 부끄럼 아는 무한 욕심 인간들은 이런 군자 부러워서 선비라 일컫더라만 유독 모기만은 때려죽일 궁리만 한다.

알을 밴 모기들이 우아한 날개 접어 제 몸 더럽히는 일도 종족 번성 일념일 뿐. 우리 먹는 피의 양이 한 방울도 안 되느니. 인간의 피의 양이 5리터나 된다는데 내가 무슨 흡혈귀냐. 피 한 톨 얻기 위해 하나뿐인 목숨 걸고 온몸이 파르르 떠는 내 팔자를 누가 알랴.

오호라, 통재痛哉로다. 실패도 약藥이라는 여유작작 인간들은 성공의 어머니라며 숱한 기회 노리지만, 우리들 한 번 실패는 영락없는 저승행. 우주를 덮어오는 시꺼먼 그림자로 천둥 같은 소리 내며 손바닥 덮치는 땐 만고의 악형惡刑 중에도 이런 형벌 있었더냐. 새남터 붉은 땅의 망나니 칼도 아닌, 사방에서 말로 찢는 능지처참陵遲處斬 그도 아닌, 짙푸른 손금에 끼인 흔적뿐인 박살撲殺이라.

어차피 한번은 죽어야 할 운명이라면 순간에 떠난 목

숨 얼떨결에 끝나지만 영악한 인간들이 모기에게 하는 고문 한둘이 아니더라. 팔등에 내려앉아 피를 빨려 하는 순간 주먹을 불끈 쥐어 단단한 힘줄 엮어 우리 침을 붙들더라. 바르르 온몸 떨며 여섯 다리 한데 모아 내 빨대 뽑으려고 온갖 용을 쓸 때면 모질고 독한 인간들이 손가락 꼭 누르면 제 몸 더럽힐까 보아 엄지 검지 손톱 세워 머리만 댕강 떼는 참수형이 다반사라.

어디 그뿐이냐. 개구쟁이 인간들은 천장에 쉬는 모기 산 채로 잡으려고 빈 페트병 우그러서 의자를 딛고 올라 병 입구로 모기 덮어 산 채로 가두더라. 얼떨결에 놀란 모기 이리 날고 저리 날 때 빙글빙글 돌리면서 병 표면을 타닥 쳐서 천둥소리 내더라. 가엽다 우리 신세, 빅뱅으로 팽창하는 은하수 속 신성新星되어 눈앞에 별빛 번쩍 우주공간 도는구나.

모기에게 물린다고 어디 그리 아프더냐. 기껏해야 근질근질 가려우면 그뿐이라. 그것도 귀찮으면 처방이 한둘이냐. 물파스 버물리 써버쿨 물린디에 멘소래담 안티푸라민도 눈부신 효과려니. 준비성 없는 집에 상비약도 없으려니 얼음 팩 냉찜질이나 따듯한 물티슈도 영험 한 번 즉효니라.

간단한 비법 두고 무지몽매 인간들이 긁어서 부스럼 내는 사달을 자청하지. 쓸데없는 침 바르기에 짜증 내며 박박 긁더니 이때도 분이 안 풀리면 병균 득실거리는 때 묻은 손톱으로 열십자로 홈을 파서 제 몸의 진물을 억지로 눌러 짜지. 헛소문 의학 지식에 성깔 하나는 또 급해서 잠시간 가려움을 일순도 못 견디고 피부에 상처만 남아 이차감염 불러온다.

점잖은 세월에는 모기가 영 싫어도 자연친화 격리였느니. 풀이나 왕겨 태워 모깃불로 멀리 쫓고 여름밤 엉성한 방은 모기장을 쳤더니라. 지금은 번영시대 고광대실 고층에는 방방이 에어컨에다 모기 퇴치 모진 약은 상점마다 널렸더라. 확 뿌리는 스프레이에 바르는 약도 있고 바이오 과학 기술의 레이저 전자파도 있어 길을 걷든 밭일을 하든 여름밤 야외 활동에 어디가 불편하더냐.

만물의 영장이라는 무도한 인간들이 퇴치에 그치지 않고 멸종도 계획한다. 국민 세금 잔뜩 긁어 국가적 차원으로 땅에는 분무트럭 공중에는 드론 날려 금수강산 아름다워 온갖 미물 공생하는 생태계를 어지럽힌다. 개화 문명 현대사회에 동물 보호 생명의식이 아무리 높아져도 모기만은 예외더냐. 벌레를 무서워하는 연약한 사람조차 모기가 눈에 띄는 순간 맨손으로 때려잡는다.

인간들이 안 죽여도 하고 많은 모기 천적, 파리 잠자리 거미 사마귀 박쥐 제비 개구리 두꺼비는 모기 사냥 명포수라. 어디 그뿐이냐. 우리의 복잡한 생애 인간과 다르나니. 알에서 유충 되고 번데기에 성충까지 온갖 변태 다 겪나니. 굽이마다 천적이라 유충으로 물에 살 적엔 장구벌레 미꾸라지 붕어 송사리가 쉴 새 없이 먹어댄다.

야속하다, 세상살이. 니네들 인간 세상도 알고 보면 유유상종類類相從. 금수저 은수저로 타고난 팔자 좋아 복 많은 족속들은 회전의자 빙글빙글 두 발 뻗어 기댄 채로 손가락 까딱거리며 비스듬히 산다던데. 타고난 수저 다르고 입신양명 능력 달라 모기 같은 운명들이 어디 한둘이리. 아찔한 고공高空이나 아차! 하는 컴퓨터나, 한순간 발끝 손끝에 배수背水의 진陳으로 걸친 운명이 니네들 삶 아니더냐.

　슬프고도 안타깝다. 두 눈 감고 헤아려 보고 두 눈 뜨고 살펴보면 우리네 사는 길이 동병상련同病相憐 같으려니. 바늘귀 구멍만 한 주린 배 채우려고 비 오고 바람 부는 샛강을 넘나들며 한목숨 내맡긴 생애 아슬아슬 눈물겹다. 애고애고 내 신세야.

제3부

불청객

쫓고 또 쫓기는 초원의 동물 세계

젖 마른 어미 표범 가젤 사냥 성공인데

어쩌나, 저 가젤 또한 새끼 딸린 어미였네

벼랑에 떨어지고 바람에 미어져도

강물은 늘 그렇게 흘러가는 거라고

물길 속 숨은 사연은 생각하지 않았지

우리 사는 세상도 속사정 알 수 없어

혈육 사이 이웃 사이, 어쩌면 혼자 앓는

애틋한 사연 하나쯤 짊어지고 가는 것을

「세상의 사연들 – 낙동강.57」

신출귀몰神出鬼沒 - 지네 1

으악! 지, 지, 지네! 파리채! 에프킬라! 조용한 강마을의 평화로운 돌담집에 때아닌 비명소리. 온몸 오그라들고 머리는 혼비백산, 앞강도 파랗게 질려 물비늘이 곤두선다.

평화롭게 잠을 자고 이불을 들추는 아침, 곤충도 아닌 것이 금수禽獸도 아닌 것이 한집서 마주치기엔 너무너무 끔찍한 짐승! 누가 너를 두고 벌레라 이름하리.

달빛에 반짝이는 검붉은 철갑껍질 마디마디 겹쳐 입

강마을에 묻힌 서사

고 관운장 언월도偃月刀를 어금니로 곤추세운 바이오bio 첨단 시대의 살아 있는 청동제품靑銅製品. 고금의 전쟁 갑옷 실밥을 다 뒤지고 만고의 철갑동물 관절까지 다 살펴도 너처럼 이음새까지 쇠로 된 놈 못 봤느니.

땅바닥을 기는 짐승 중 독하고 무섭기야 전갈도 그렇지만 그나마 그 녀석은 새우인 듯 가재인 듯 우리네 먹거리 닮아 눈에라도 익었느니. 사람들 별난 식성 전갈인들 안 먹으랴만, 네놈들 튀겨 먹는 자 어디 그리 흔하더냐.

취미도 괴상한 세상 별의별 애완용愛玩用 중 네놈을 키우는 사람 단 한 명만 데려와 봐라. 모양만 무섭다면 난들 왜 치를 떨랴. 네놈 독이 워낙 독해 한 번 물린 그 자리는 풍선처럼 부풀기에 해독제로 쌓아 놓은 숱한 약들, 먹는 약 바르는 약에 감자, 부황, 닭똥 오줌….

이웃집 노인네들 대대손손 쌓은 경험은 지네들 천적으로야 토종닭이 제일이라. 네놈들 씨를 말릴 닭이라도 키우련만 비좁은 마당 어귀 어디다 닭장 짓고 어느 뉘 이 바쁜 세상 삼시 세 때 모이 주랴.

심성 고운 이웃네들, 그것도 어렵다니 창고에 그득 쌓

인 농약을 주는구나. 일약 가루약에 농축된 물약도 있어 고맙게 받아놓고는 생각이 또 깊어진다. 강마을 풍광 좋아 온갖 이웃 어울린 집에 독하디 독한 약을 집 주위에 뿌린다면 죄 없는 개구리하며 개미, 여치 몰살할 터. 자식들 훌쩍 떠난 텅 빈 시골이라. 풀섶에 어울리는 이들마저 없어지면 달 밝은 외로운 밤에 어느 뉘가 벗할꼬.

윗고을 암자 스님 지나가다 하는 말씀 지네가 들고 나는 일은 지네 마음이라는구나. 아무리 막아봐도 소용없다는 말씀이니 경험으로 아시나 보다. 소리도 소문도 없이 밤마다 기어드는 신출귀몰 손자병법. 정말, 재주도 용타, 어디에 숨었다가 어떻게 들어올꼬. 방충망 이중창에 숨구멍도 막았는데 출몰이 변화무쌍하니 저놈이 007이냐.

김해벌 강변 야산 왕대숲 욱은 마을. 뙤약볕 한나절을 무쇠로 달군 댓잎이냐. 마디마디 대나무가 지네로 변신하여 밤이면 거룻배 저어 방안으로 납시는구나.

곤고困苦한 하루 일과 세상 모른 잠을 자다, 손등에 스쳐가는 스물스물 기는 감촉. 화들짝, 뿌리치는 밤 '출-

렁'하는 긴 느낌! 세월은 영락없어 변소 출입 잦은 나이. 밤마다 마루에서 화들짝! 발을 드니 내 지금 이 늦은 나이에 발레춤을 배울 때냐.

수많은 발을 저어 더듬이 슬슬 흔들면서 방안을 이리 저리 산천경계山川境界 구경하다 들켰다! 눈치챈 순간 잽싸게 튀는 동작은 하필이면 그 방향도 내 발밑이 아니더냐.

마당 어귀 돌아가는 무심한 발목에도 풀잎이 슬몃 스치면 화들짝 다리를 턴다. 웅크린 네놈 두려워 걸레도 집게로 들고, 신발을 신을 때마다 속창을 뒤지는구나. 걸레나 신발이야 또 그렇다 치더라도 압력밥솥 손잡이가 어디 네놈 구멍이냐. 마누라 혼절시켜서 홀아비를 만들 테냐.

징그러운 네놈 미워 내 집을 팔아버리면 요즘 같은 맑은 세상 나 같은 주인 있어 낡은 집 잡초 마당을 그냥 둘 것 같으냐. 불도저로 밀고 당겨 네놈들 땅에 묻고, 최신식 자재들로 철옹성 집을 지어 기발한 방범 장치로 어김없이 다 잡을 거다. 전깃줄 울타리 넘다 프르르번쩍 타서 죽고, 현관문 빼꼼 열면 세콤이 미웅-미웅. 운 좋게 들어온 놈도 CCTV에 다 걸릴 터.

　말도 많고 탈도 많은 이 세상 떠도는 소문 거짓 아님 과장인데 소문보다 흉한 너도 조물造物의 솜씨더냐. 어찌 이리 만들었을꼬, 그 뜻을 알 수 없쾌라. 낙동강 굽이지는 김해벌 동산 자락, 꽃 피고 새도 울고 풀숲에 벌레 노는 대숲 속 고요한 집을 들썩이게 하지 마라!

색즉시공色卽是空 – 지네 2

한여름 붉은 해가 서산으로 넘어가고 저녁 바람 살랑이는 대숲에 새 깃들면 강마을 뒷마당에 댓잎 한 장 일렁인다. 으스름 달빛 아래 천족千足 지네 노를 저어 동굴 속 어둠을 끌고 세상 밖을 출타시다.

닭도 없고 족제비도 없는 평화공존 이 세월에 마주칠 천적 바이 없으니 어찌 아니 화평하리. 철갑도포 단단 여며 온몸이 뼈대로 굳은 전사戰士님네 팔자걸음. 맨땅을 걷더라도 어슬렁 출렁출렁 낙동강 카누 젓듯 남해바다

거북선 뜨듯, 수많은 노를 저어서 출렁이며 오는 짐승.

이리저리 꿈틀대는 길고 긴 몸뚱이의 저다지 촘촘한 발은 어찌 다 움직일꼬. 어지러운 걸음에도 엉기지 않는 비법秘法은 초정밀 자동제어칩自動制御chip이 네 머리에 박힌 거냐. 무념無念이 순리라던 노자 어른 말씀대로 바람 불면 부는 대로 물결 치면 치는 대로 구름에 달 가듯 걷는 행운유수行雲流水 보법步法인가.

출렁이는 긴 역사에 발자취로 새긴 사연. 우리네 인간들은 기껏 두 발 달고서도 길 하나 바로 걷기 이다지 어려워서 흙탕에 나뒹군 영웅 어디 한둘이러냐. 한세상 걷는 길은 형형색색 가시덤불. 뾰족한 돌부리며 깊이 모를 웅덩이며 가슴 속 비운 유혹도 그냥 넘기 어렵느니. 생각이 둔한 이는 되는 대로 살아가고, 머리만 영리한 자 발길이 외로 걷고, 가슴이 영악한 놈은 말言도 발足도 따로 기고….

한순간 생각만도 끔찍한 네놈 두고 내 족적足跡 생각하며 두 발 훑어보니 짧지 않은 그 세월에 엉긴 길목 많았구나. 첫발을 잘못 디뎌 빼도 박도 못한 사연, 헛디딘

　　　　강마을에 묻힌 서사

한쪽 발에 남은 발도 빠진 사연. 아둔한 내 발이야 인간사의 영욕이라 남의 탓 하랴마는, 자연의 촉을 세운 영악한 네 보법步法이 왜 이렇게 되었느냐. 방향을 잡았으면 네 길이나 갈 일이지, 무슨 뜻을 몰래 품어 남의 집을 들오느냐. 축축한 땅을 뒤져 지렁이나 먹는 놈이 식성이 같기를 하냐 잠자리가 같으냐.

천지 만물 삼기실 제 조물造物의 깊은 뜻은 사람은 사람끼리 미물은 미물끼리 제각각 분수에 맞춰 먼발치로 사는 것을. 뒤죽박죽 엉긴 까닭 속사정이 궁금해서 토막 낸 네놈을 방바닥에 늘어놓고 이 한밤 무위無爲로 앉아 긴 사색思索에 잠기노라.

사공이 너무 많으면 배가 산으로 간다더니 너도 나도 모두 잘나 전문가 넘치는 세상, 네 발도 사공이 많아 뒤죽박죽이 되었느냐. 요즘같이 바쁜 세상 기계처럼 도는 삶에 노자老子의 무위자연無爲自然은 이빨 빠진 톱니더냐. 때는 바야흐로 최첨단 전자시대. 고전적古典的 네 수학數學이 전자파 장애를 받아 헷갈린 정밀회로精密回路가 제 갈 길을 놓쳤느냐.

고장이 아니라면 밝은 낮이 괴롭더냐. 스스로 어둠 되어 여름 햇빛 등진 의지, 두꺼운 철갑옷에 속살이 뜨겁더냐. 흉측한 네 생김새가 빛을 보기 민망터냐. 눈에 뵈는 삼라만상이 호화찬란 형형색색이라, 황홀한 세상살이를 어둠 속에 보려느냐.

밤마다 나타나니 흉물스런 네깟놈도 〈님의 침묵〉 읽었더냐. 만해 스님 읊은 말씀, 눈앞에 보이는 건 모두가 다 허상虛像이라. 스스로 그림자 되어 더듬이를 세우느냐. 자나깨나 폼생폼사form生form死 우리네 인간이사 눈으로 그려보고 손으로 만져보아 속이야 썩고 비어도 겉멋으로 빛나거늘….

하긴, 그럴 테지. 색色이란 허망해서 밤에 본 그 모습이 만상萬象의 본질이라. 한밤중 공空으로 보는 네놈 뜻도 옳으려니.

영웅의 생명이든 미물의 목숨이든 한세상 사는 길이 생로병사生老病死 한 길이라. 색色으로 겉치장한들 무한영광無限榮光 이어지랴. 얼굴에 색칠하고 이마에 별을 달고 옷깃의 금배지며 수첩 속 금빛 명함. 색즉시공色即是空이요

공즉시색空即是色이라. 눈감고 생각해 보면 부질없는 무지
개려니.

생각만도 치떨리는 흉물스런 불청객을 강둑 너머 내
던지고 낙동강 강바람을 허위허위 거니노라니 이 한밤
가로등 저쪽 빛으로 된 세상이 밝다.

선악수연善惡隨緣 - 지네 3

집 안 곳곳 방 안 곳곳 조심조심 살피면서도 순간마다 놀라고 놀라 온몸 웅크리는 나날! 생각만도 소름 돋고 마주치면 섬뜩하고. 한 주먹도 안 되지만 주먹으론 절대 못 쳐. 너 한 놈 때려잡을 일도 적지 아니 난감하다. 빗자루로 메어친들 겹겹이 갑옷이요, 다리를 분지르자니 어느 다리 겨냥하며, 발톱을 뽑으려 한들 하세월何歲月에 끝을 보랴.

토막을 내자 하나 애초부터 토막진 놈. 헷갈리는 마

디에다 어설피 동강내면 제 각각 개체분열個體分裂하여 떼 거리로 달려든다. 자연 시간에 배운 공부 곤충의 신체 구 조를 〈머리, 가슴, 배〉로 익힌 철없는 초등생도 생물은 3등분하면 '죽-는-다'고 하였니라. 두들겨도 못 잡고 토막 내면 더 날뛸 놈. 조물造物의 삼긴 대로 집게로 곱게 집어 저놈들 제일 싫어하는 햇볕에다 내다 널자.

불집게로 고이 집어 조심조심 모셔가서 강언덕 양지 볕에 훌쩍 던져두자. 소슬한 강바람이 마디마디 스며들 어 몽롱한 한나절이면 저도 몰래 송장 될 터. 더듬이 눈 알 이빨 숱한 다리 다 살리고 발톱 하나 안 다치게 빳빳 하게 염殮을 하여 만고萬古의 흉물전람회에 일등상을 받게 하자.

어-화 어화넘차, 꽃상여 나가신다. 늘어진 몸뚱이에 오색실 단단 묶어 흉악범 목을 걸었다, 처마끝의 풍장風 葬이라. 이승의 인연을 접어 긴 몸 편히 뻗고 대롱대롱 매 달려서 지난날을 돌아보면 한세상 맺고 또 끊은 숱한 사 연 생각날 터.

이 세상 숨탄것들 한둘이 아니거늘 하늘이 네 만든

뜻 어찌 우리 다 알랴마는, 만물이 넉넉한 계절 여름에
만 기어나와 으스름 달빛 마루에 소름 돋게 하던 중생衆
生이라. 스치는 바람이며 몸에 닿는 햇살 아래 가을 겨울
보내면서 네 한생을 돌아봐라. 오가는 숱한 물생物生들
사는 모습 어떠하냐.

봄 여름 가을 겨울 변화무쌍 사계절四季節에 우리네
사는 일이 달력에만 있겠느냐. 허허한 강변 들판 씽- 하
고 부는 바람, 우리네 돌아갈 길을 미리 보는 것 아니더
냐. 풍장風葬 후 긴 세월에 무엇이 남을는지. 바람에 흔들
리는 부질없는 물길에는 청명清名도 유유하지만 오명汚名
또한 흐르려니.

유월 장마 왕대 숲에 장검으로 죽순 치듯, 단칼에 끊
은 악연惡緣 이리도 후련하다. 쾌재라, 기쁜 이별 다시는
만나지 말자.

어쿠야 넘어졌네, 문지방에 발 걸렸네. 저놈 흉측한
놈 장례 다 치른 후 동네방네 소문내어 액막이도 하였건
만 이 무슨 불운인지 내 허리에 동티났네. 어둑귀신 몽

니 부려 사흘 밤을 끙끙 앓다 더 이상 참지 못해 이른 아침 감발한다. 펴지 못해 굳은 허리 기역자로 몸을 굽혀 대나무 지팡이에 온몸을 의지한 채 강굽이 먼 길 돌아 약전거리 찾았더니 화들짝, 다시 놀라 내 눈을 부릅뜬다.

너, 지네 아니더냐? 약재상엔 웬일이냐? 살아 흉물이던 너가 죽어 인술仁術 베푸니 조물造物의 속 깊은 뜻이 여기에 있었구나. 이름도 많고 많아 토충土蟲 천룡天龍 어지럽더니 드디어 변신해서 명약名藥으로 매달렸네. 그대, 오공蜈蚣 선생 그 한 몸 다 바쳐서 날 궂어 쑤시는 몸, 허리 아파 누운 사람 뼈 속에 편작이 되어 깊은 시름 더는구나.

오호라, 그렇구나. 천불생무록지인天不生無祿之人이요 지부장무명지초地不長無名之草라. 천지天地 삼기실 제 명물名物만 삼겼으리. 흉물 지네 살신성인 오공蜈蚣 선생 낳았으니 흉물 있어 명물 있고 부귀빈천도 얽혔구나. 그래, 그랬지. 흙에서 청자靑瓷 나고 돌 다듬어 부처 되지. 개똥도 약이 되듯 하찮은 미물微物이라도 제 소용所用은 다 있구나.

하루해 가는 길에 중도 소도 만나는 삶, 선악善惡도 수연隨緣이나 한세상 사는 길이 참으로 난감하다. 살아 있는 널 만나면 온몸에 쥐 내리고 죽은 너를 만나는 건 내 허리 고장일 터. 우연히 스친 옷깃도 천만겁千萬劫 인연因緣이라. 만나고 헤어짐이 필연必然이라 하더라만 한 생애 피하고 싶은 그런 연緣도 있는 것을….

흉물 탐구 - 뱀 1

강마을 전원주택의 한가한 휴일 아침 무심無心한 마당 어귀. 어제는 안 보이던 한 토막 새끼줄이 죽은 듯이 살아 있다. 동행하는 협착증의 뜨끔 허리 살풋 굽혀 자세히 살펴보니, 으악! 배배배-뱀!

있는 듯 없는 듯한 엉성한 머리칼이 안테나로 쭈뼛서서 앵앵앵 적색경보. 발길질을 하려는데 아뿔싸, 슬리퍼로다! 급제동을 밟는다.

놀란 눈에 스쳐봐도 알록달록 꽃뱀이다. 산골에 사

는 놈이 김해벌에 어찌 왔나. 홍수에 떠내려왔나, 소문 듣고 찾아왔나. 강마을 동산 자락 잡초 욱은 우리집은 밤이면 온갖 물생物生 달빛 아래 합창이라. 개구리 노니는 첩보를 네놈이 용케 훔쳤구나.

내 청락헌聽洛軒 낡은 집이 흉물들 민박집이냐. 두 발 텃새, 네 발 짐승, 여섯 다리 곤충이야 철 따라 음악회 열어 어울려 즐겼느니. 천장 갉는 쥐란 놈이 귀찮게는 하지마는 생각만도 끔찍한 놈, 천족千足 지네 무족無足 꽃뱀. 징그런 저 흉물들을 누가 불러들였더냐.

울울창창 대숲 속에 동작 빠른 족제비는 무얼 하고 있었느냐. 주지육림 풍진 세상 냉전시대 종식이라. 주적主敵도 천적天敵도 없이 평화공존 태평이냐. 멍청한 저 멍멍개는 보초 서다 졸았느냐. 발 없이 기는 뱀이 소리야 있으랴만 냄새도 못 맡는 코로 경계 근무 가당하냐. 뻥-뚫린 방공망에 초동제압初動制壓 실패에다 최신식 장비는 커녕 막대 하나 없는 마당. 저 뱀을 못 막는다면 이 집에서 어찌 살리.

어렵소 얼씨구나. 허둥대는 내 발밑의 저놈 거동 한

 강마을에 묻힌 서사

번 보소. 내가 저를 겁내는 줄 뻔히 꿰뚫는 듯 긴 몸을
스르르 풀고 하품 한 번 늘어졌다. 비무장한 날 놀리듯
헛바닥 낼-름 하곤 꽃물결 느릿느릿 뱀 기듯이 사라지니
돌담엔 온몸 징그러운 긴 구멍만 남았네.

헝클어진 머리 가슴 겨우 진정하니 뱀 앞에 오금 저
린 내 몰골이 가관이다. 내 비록 오척 단신에 가벼운 몸
무게나 유인최귀唯人最貴 대장부의 한창 나이 아니더냐. 온
몸 진저리치다 가만히 생각하니 저놈의 참모습은 진정
모를레라.

만물의 영장이라 무서울 게 없는 인간도 마주치는 저
놈 앞엔 오금 달싹 못하는 까닭 그 사연이 궁금하다. 치
떨리는 저 흉물을 곰곰 따져 톺아보니 인류가 엮어온 긴
역사 곳곳마다 신성神聖으로 섬겼구나. 꿈틀, 생각만도 소
름 돋는 너를 두고 저주의 상징 너머 숭배崇拜는 또 웬 말
인고. 온몸 부르르 떨며 네 형상을 탐구한다.

험난한 세상살이 CCTV로 감시하려 절대로 감지 않
는 눈알 두 개 박아놓고 최첨단 주요 부품은 몸통 속에
숨겼구나. 귓구멍도 막아버린 매끈한 머리통에 음흉한

안테나는 입속에다 내장하고 어드메 콧구멍 있나 뿔과
털은 왜 없는고.

슬렁슬렁 여유작작 때로는 빛의 속도, 가기는 간다마
는 무엇으로 기는 건지. 소리 없는 네 이동에 다리 흔적
묘연하니 두둥실 자기부상열차磁氣浮上列車도 네 기술을 본
떴겠다. 바퀴 달린 자동차며 철로 위 KTX, 물보라나 일
으키는 쾌속선 꽁무니야 디지털digital 네 기술 앞엔 낡고
낡은 아날로그analogue라. 안으로 옥은 이빨 걸리면 꼼짝
못해 쩍 벌린 아가리의 턱뼈를 빼는 솜씨. 로봇의 분리
합체도 네 특허를 훔쳤구나.

바이오bio 첨단공학 초정밀 기기들은 몸속에 내장하
고 유선형 날씬한 몸매 디자인도 완벽하다. 생김새만 그
러하리, 더 기찬 건 걸음걸이. 금수禽獸도 아닌 것이 어류
魚類도 아닌 것이 꺾어진 막대 같은, 토막 난 새끼 같은 외
가닥 미끈한 흉물 이동법이 괴이하다. 낙동강 흐름 법을
제 몸에 접맥시켜 S자 굽이진 이동 수륙 양용水陸兩用 보법
이라.

휘-이, 물렀거라, 배암 나리 행차시다. 소리 소문 진

동도 없이 구름에 강물 흐르듯 뱀 스르르 납신다. 다리도 지느러미도 날개도 바이 없이 물이면 뱃길 열고 뭍이면 철길 열고 나무에 오를라치면 나선螺旋으로 소용도네. 물길 뭍길 가는 짐승 어디 한둘이랴. 아무리 새겨 봐도 도무지 가당찮은 어랏차, 떴다 보아라! 고공낙하高空落下도 선보인다.

변칙적 행동으로 상식을 뭉갠 저놈. 머리 싸맨 학자들의 분류법은 있겠지만 실인즉 육해공군의 분리합체 동물이라. 돌부리든 구덩이든, 또 천 길 절벽이든 천하를 주유周遊하는 한량들 긴 옷고름 같은 유유한 팔자걸음 경이로운 저 여유!

바야흐로 현대는 초정밀 속도 시대라. 인간들 사는 길은 분초分秒를 다투는 일 아니러냐. 순간의 장애물들 암초, 벼랑, 돌부리라. 화들짝! 급정거에도 침몰, 추락, 전복이려니. 쇠가죽 신발 끈을 단단 묶은 대낮에도 넘어지고 자빠지고 우지끈 부러지고. 비명悲鳴은 꼴깍 삼킨 채 표정 관리 잘해야 밥줄 겨우 이어지는 고달픈 삶 아니더냐. 제 한 몸 사는 것도 골 첩첩 버거운데 자식 걱정, 살림 걱정, 온 세상 떼 걱정에 긴 한숨 깊은 수심에 짧은 밤을 설치느니. 세상은 불공평해 팔자 좋은 사람도 있어 물길 묻길 하늘길을 땅 짚듯 헨다지만 평생에 한두 번쯤은 무너질 일 생기는 법. 길게 늘인 배암이사 넘어질 일 있으랴.

짧은 만남 깊은 탐구 저놈들 운신 비법 심사숙고 헤어보니 유월 장천 긴긴 해가 서산에 머물 즈음, 울긋불긋 길게 늘인 뱀처럼 굽은 강이 형상으로 답을 주네. 그래, 그렇구나. 강은 그냥 강이련만 생명을 불어넣어 징그럽게 만든 흉물에 조물주도 미안해서 완벽한 세상 이동법을 네놈에게 주었구나. 천지 삼기실 제 두 발만 얻은 인간, 흉측한 네놈에게 저주詛呪 외경畏敬 품은 것은 인간들 잠재 능력 저놈 혼자 다 갖추어 부러움, 미움이 엉긴 양가감정兩價感情 심리로다.

허물 세탁 - 뱀 2

땅바닥 낮게 낮게 뱀딸기 붉게 익는 긴 강변 수풀 사이. 어둠에서 흘러나온 허연 껍질 마른 강이 먼동빛 붉게 적시며 샛바람에 펄럭인다.

몸에 두른 낡은 허물 남몰래 벗어 놓고 매끈하게 차려입은 어둠의 긴 몸통은 문어발 촉수觸手를 뻗쳐 어느 물길 맴돌까. 흉물들 세상살이 세탁 솜씨 기발하여 돈 세탁, 학력 세탁, 얼굴 이름, 국적 세탁에 환생還生한 몸놀림으로 천하 호령 꿈꾸겠지.

제 꾀에 제가 속는 멍청하고 한심한 놈들. 요즘 같은 과학기술에 완전범죄 가당터냐. 세탁기 틈 깊이 스민 저 놈들 DNA는 청문회 단 한 방에도 낱낱샅샅 까발릴 터. 탈세 투기 사기 협잡 종합회사 들통나고, 벼룩 간 긁어모은 금고도 탄로나리. 귀하신 신의 아들딸 제조과정도 폭로하여 제 허물을 안겨주면, 전국 팔도 방방곡곡 고급 요정 포장마차 이 구석 저 골목의 술안주로 풍성하리.

이놈이 어디 숨었나. 꼬챙이에 허물 감아 낱낱샅샅 더듬던 중, 강언덕 바위틈에 짜리몽땅 뱀 한 마리. 따끈한 햇살 받아 체온조절 한답시고 돌돌 말아 자는구나. 꿈쩍도 않는 놈을 꼬챙이로 살살 치니 '귀찮게, 건들지 마라!' 뒤척이곤 다시 잔다. 이런, 간 큰 놈이! 몸통을 꾹꾹 찌르자 똬리 속을 한 겹 풀어 머리를 쳐드는데 아뿔싸, 독사 대가리! 오금 먼저 저려온다.

삼각형 대갈통에 〈나, 독사!〉 딱, 새기고 빤히 쳐다보다 혓바닥 쏙, 내밀며 '어쩔래?' 당당한 몸짓! 도대체가 겁이 없다. 작은 고추가 더 맵다고 속담에 이르더니 쬐끄만 게 독 있다고 보이는 게 없는 거동擧動! 하기사 저놈

강마을에 묻힌 서사

맹독 이 강자락 최강자라. 개들도 부잣집 개는 팔자걸음 걷는다더니, 느긋한 몸동작에 어느 놈이 대적하랴. 돈이든 권력이든 손아귀에 쥐었다면 애탕개탕 아둥바둥 눈치볼 일 뭐 있으리. 폼 잡고 실눈만 떠도 제 알아서 기는 세상….

제 허물을 갖다 대자 두 눈깔 멀뚱멀뚱, 기어이 명품名品이라고 낼름대는 꼴 좀 보소. 새빨간 혓바닥이 마이크 선을 타고 전파電波로 흐르는 강에 황톳물로 섞였구나. 당연한 잘못에도 화려한 언변으로, 가다가 말문 막히면 모르쇠로 떼를 쓴다. 한세상 사는 길에 엇길 어찌 없으랴만 한 점 허물로도 부끄러운 우리들이라. 양심은 송곳이 되어 속살 콕콕 찌르거늘….

통통한 몸매에다 두어 뼘 남짓한 놈. 손에 든 꼬챙이로 계속 건드리자 성가신 아침이라며 중얼중얼 몸을 푼다. 암갈색 무늬들이 비단결로 흐르더니 양지바른 강둑 길로 슬금슬금 기어간다.

저놈 저, 동작 보소. 이리 구불 저리 구불 머리, 꼬리 흔드는데 유연한 몸뚱이가 붓으로 변신한다. 두루마리

길게 펼친 누런 황토길에 물결로 서각書刻을 하듯 온갖 문자 다 새기며 유유자적 행군이다. 뱀이 학문 있다는 말 얼토당토 않겠지만 흉물들 척추뼈는 회전나사 공법이라. 일거수一擧手 또 일투족一投足이 영락없는 글자로다.

문맹률 영 퍼센트 한글이사 워낙 쉬워 방향만 슬쩍 틀면 ㄱ ㄴ ㄷ ㄹ 뾰족한 ㅂ ㅅ도 궁서체로 쓰는구나. 세상은 글로벌global 시대 영어는 기본이라. 꼬부랑 필기체는 제 타고난 몸짓이요, 인쇄체 XY도 이탤릭체로 휘어진다. 기왕에 하는 공부 한자 없이 학문하리. 그냥 기면 한 일一이요, 돌아가면 새을乙이요, 아차차! 되돌아가면 기리 자 쓴 후 활궁弓이라.

속도가 성공인 세상 이놈도 내달리면 일필휘지一筆揮之 종횡무진縱橫無盡 초서체草書體로 휘갈겨서 내로라! 유식자들도 글자 몰라 난감하다. 몸에 배인 허당 체질이 잠잔다고 책 놓으랴. 잠시 쉬어가듯 실사糸로 감았다가 똬리 틀어 원圓을 쓰고. 꿈속에 승천하는지 용자龍字로도 꿈틀대네.

주제에 언감생심焉敢生心 용 될 생각 아예 마라. 부귀

빈천 없는 세상 법 앞에 평등이나 네 등에 찍힌 낙인은 단 한시도 잊지 마라. 네놈이 용꿈 꾸면 발기발기 까발려서 저놈 근본 배암-배암 개천에서 태어난 놈! 온 세상 손가락질로 네 성공을 헐뜯으리. 출세를 할라치면 인물, 가문 좋아야지. 개천가 흉물 너는 이무기도 못 되느니. 운 좋게 용 났다 해도 콧방귀로 화답하니 '아-나 곶감, 영웅 대접!'.

역시나 영리한 놈. 내 말귀 알아들었는지 방향을 길게 틀어 강으로 접어들어 흐늘흐늘 헤어가서는 시커먼 장강으로 마지막 변신變身이다.

세상 돌아가는 꼴을 온몸에 휘어감은 정체 모를 뱀 한 마리 강물에 스며드니 세월에 굽이진 뱀 천삼백 리 낙동강도 온몸에 강바람 불러 초서체로 일렁인다.

춤사위 - 뱀 3

보개산 산등성에 짙붉은 노을 지면 사계절 변신하여 함께 흐른 낙동강이 제 몸을 발갛게 풀어 길에도 길섶에도 드높은 고공에도 새끼 뱀을 낳는다. 뱀은 뱀들끼리 삼오삼오 모다 모여 가로등에 자동차에 빌딩 창에도 꿈틀댄다. 길가에 곧추서서 왕방울눈 부릅뜬 놈, 붉은 반점 깜빡이며 일렬로 달리는 놈, 층층이 똬리를 틀어 고공으로 앉은 놈….

몸통에서 튕겨 나온 꽃뱀의 비늘들이 스스로 반짝이

　　　강마을에 묻힌 서사

려면 춤동작이 제일이라. 어둠이 짙을수록 빛이 더 빛나
는 세상 춤으로 승부를 건다.

긴 몸 휘어지며 꼬리 슬슬 흔드는 춤, 양팔을 곧추세
워 허공을 찌르는 춤, 바닥에 나뒹굴면서 막무가내 날뛰
는 춤, 두 주먹 불끈 쥐고 눈 부라려 다투는 춤, 빌딩과
빌딩 사이를 외줄 타고 건너는 춤, 돈 좇아 권력 찾아 권
모술수 변신술에 오로지 일등을 향해 전속력으로 내닫
는 춤….

강이 낳고 강이 길러 물결로 엉긴 춤에 세상은 춤 무
대요 이곳이 곧 삶터라. 의자에서 길목에서 지하에서 고
공에서, 한 생애 춤꾼으로 꽃뱀이 된 사람들은 살기 위해
춤을 춘다. 복잡한 문서철에 볼펜 촉 휘갈기고 컴퓨터
자판에 열 손가락도 율동이다. 최첨단 통신시대 아날로
그로 만족 못해 디지털 무선통신 이어폰 귓바퀴에 춤으
로 달라붙은 전자파가 불꽃 튄다.

살기 위해 흔드는 춤, 그 춤사위 잦아들면 땀방울로
맺은 열매 수확이 풍성하다. 대량생산 대량소비 흥청망
청 주지육림酒池肉林 음주가무 종착역은 쟁반 위에 수북

쌓인 붉게 익은 사과 맛이라.

뱀에게서 몰래 배운 금단의 사과 맛은 원초적 춤사위라 세상의 남녀노소 은밀하게 탐내누나. 이리 보아도 내 사랑 저리 보아도 내 사랑, 사랑사랑 내 사랑이야. 긴 강 굽이굽이 별빛 총총 내린 밤을 실바람에 살랑대고. 산자락 굽어 돌 때 속살 슬쩍 맞닿으면 옆구리 은근히 찔러 한 굽이로 엉기고. 칼로 물을 베다 앵돌아 누운 날도 싸늘한 물줄기를 긴 밤 내내 다독거려 꽁꽁 언 이부자리를 출렁이게 만드나니. 해도 달도 숨어 보는 생명 창조 춤사위를 어느 뉘 시비하리.

향연은 엄숙하지만 뱀이 지닌 맹독猛毒도 있어 제 한 몸 다 던져서 주야장천 엉기다 보면 육신이 물에 녹아 황톳물로 넘치나니. 춤으로 서로 엉긴 광란의 독사들은 자욱한 연기 속에 제 한몸 다 녹이네. 청홍으로 일렁이며 긴 밤 불사르는 소음 짙은 물길 따라 원 나잇 스탠드 One-night stand의 수많은 육신들이 방방 칸칸 빨려든다.

저놈, 뱀대가리! 구멍으로 들어간다. 혓바닥 길게 뽑아 바위를 쓱 - 핥으며 잡초들 욱은 사이로 돌담 깊이 빨

　　　　강마을에 묻힌 서사

러든다. 풀잎 곧추선다. 돌부리 긴장한다. 잎사귀 파르르 떨고 붉은 씨방 부풀면 닫혔던 꽃봉오리가 속잎 열어 마중한다.

땅속 나무뿌리 알몸으로 엉겨든다. 용틀임 시작된다. 자갈 소리 들린다. 바람소리 거칠다. 지축地軸이 흔들리면서 겹겹 지층地層 갈라진다. 뿌리 깊은 나무들 아랫도리 쭉 뻗치고 빗줄기 쏟아진다. 지하수 숫아나서 앞강으로 흘러든다. 새들 숨죽인다. 가지들 늘어지고 정적 깊어진다. 엉긴 뱀 몸을 풀면 꽃잎 진 씨방 깊숙이 검은 강 꿈틀인다.

강은 외길이나 물줄기는 다양해서 푸른 물길 흐르는 곳에 항톳물길 섞이나니. 저놈 대가리의 원초적 생김하며 은밀히 몸을 꼬는 촉촉한 유혹하며 달콤한 입술에 배인 붉은 맛이 일품이리. 전설을 돓아내는 선남선녀善男善女 후예들이 속옷에 가리어진 낙원樂園 찾는 사연이란 뱀으로 엉겨 흐르는 붉은 강의 향연饗宴이라. 시윗물 흐르는 것은 준엄한 강의 심판. 호색好色의 춤사위로 폭풍우 몰아치면 홍수로 굽이치면서 강둑마저 무너지리.

에덴의 이야기도 장강長江에 실려 있어 눈 감고 헤아려 보면 뱀이 곧 강이러니. 뱀이 가르쳐준 선악과善惡果 깊은 의미. 강은 길이요 진리요 생명이라. 낙원을 얻고 잃음이 강의 향연饗宴에 있나 보다.

생명의 강 - 뱀 4

　세상을 산 경험은 보기보다 느낌이라. 역시 뱀이란 놈은 느낌만도 섬뜩한지. 무덤덤한 담장 틈에 으스스한 낌새 있어 혹시나? 눈여겨보다 딱, 마주친 뱀 대가리! 저 놈도 놀랐는지 동그란 눈을 뜨고 꼭 다문 아가리의 초승 달 입술 사이로 검은 혀 두 가닥을 내 코 앞에 널름댄다.

　그동안 경험으로 흥분 눌러 진정 후에 이번에는 잡으 리라 스스로 다독인다. 저놈들 출몰 이후 곳곳 세운 막 대 찾아 대갈통 꾸욱 눌렀으니 너는 이제 죽은 목숨. 젖

먹던 힘을 다해 아둥바둥 누르는데 온몸을 비비틀며 막
대를 감는 괴력怪力! 어둠을 휘감는 힘이 무한궤도로 조
여 온다.

허벅지 휘어감는 개여울 물살 같은, 썰물에 빨려드는
샛강물 조류潮流 같은, 강둑에 태풍 불던 날 등 떼미는 바
람 같은….

눈앞에 맞닥뜨리면 오금 먼저 저린 세월. 아무리 흉
측해도 저놈과 한판 승부 인간이 유리하지. 오늘은 명명
백백 승리의 짙은 예감! 알록달록 고명 없은 요리법이 즐
겁구나.

살아있는 비아그라 네놈이 특효라니. 장작불 무쇠솥
에 와글바글 뱀탕 끓여 오늘은 참, 오랜만에 밤에 힘 좀
써볼까. 막대를 칭칭 감은 이대로 들고 가서 시뻘건 장작
불에 곱슬곱슬 구워 먹으면 고소한 입내도 좋아 임도 보
고 뽕도 딸까. 삼각형 대갈통에 열십자 칼금 그어 껍질을
꽉 잡고서 홀라당 벗긴 후에 속살을 회膾 쳐 먹고는 알몸
사냥 나가볼까.

누르고 휘어감는 결사항전 긴 시간 후 온몸 오그라드

는 힘겨루기 끝이 보인다. 팽팽한 허연 배에 바람이 빠질 무렵 막대기 묵직한 끝의 천근 쇠가 떨어지네. 물결무늬 긴 몸통이 허물허물 늘어지자 온몸이 땀에 절인 내 다리도 접질리고 늦가을 하류下流를 기는 샛강물도 풀어졌다.

강마을 한살이에 예측할 수 없는 저놈, 안 보이면 궁금하고 부딪히면 치떨려서 애증이 뒤엉긴 뱀! 싫어서, 저놈 싫어 징그런 뱀 싫어서 김해공항 비행기로 공중에 도망을 가니 또 한 놈 거대한 뱀이 몸을 틀며 일어선다.

햇살에 반짝이는 바람 물결 비늘 세워 한반도 산과 들에 용틀임 후리치며 낙동강 천삼백 리가 뱀이 되어 따라온다. 낙동강의 젖꼭지 황지에서 태어나 태백산 깊은 골에 꼬리를 적서놓고 칠백리 배꼽자리 상주를 굽어돌고, 구미龜尾 찍고 남지 밟고 삼랑진 휘돌아서 길고 긴 몸 뚱아리로 산과 들을 감고 온다. 형님 이쪽, 아우 저쪽 서 낙동강 휘어지니 구포龜浦 너머 강서江西 들野은 저놈 둥근 머리 되고 칠점산七点山과 덕도산德島山은 두 눈알로 박혔구나.

고공에서 내려보니 영락없는 용이로다. 여의주如意珠

굴리는 듯 을숙도를 입에 물고 아가리 쫙- 벌리자 하구河口의 모래섬들 혀가 되어 널름대네. 임진년 낟가리로 왜군을 물린 전설은 뭉툭한 콧잔등의 노적봉露積峯에 쌓았구나. 남해바다 물길에는 파고波高도 높게 일어 호시탐탐 기웃대는 외적들 노려보며 가덕도 용뿔로 세워 한반도를 막아섰다.

시절 따라 계절 따라 때맞춰 변신變身을 하며 굽이굽이 흐르는 강. 아침은 금빛으로 저녁은 은빛으로, 달 뜨면 달빛으로 그믐에는 별빛이라. 일신우일신日新又日新한데 계절 감각 없을쏘냐. 봄빛 스며 화사花蛇 되고 여름 녹음에 흑사黑蛇되고, 가을 단풍엔 독사毒蛇 되고 겨울 얼음에 백사白蛇 되어 산과 들을 촉촉 적셔 유유자적 흘러가네. 강마을 감돌아서 옹기종기 알을 품고 물머리 치켜들고 바다로 가는 저 강. 남해와 백두대간의 생명줄을 잇는구나.

뱀에 기겁도 하고 뱀도 때려잡으면서 뱀 같은 강줄기에 평생 붙어 살다보니 뱀도 강도 정이 들어 깊은 뜻을 알겠구나. 그래, 그랬구나. 저 강이 뱀이구나. 도랑이든

   강마을에 묻힌 서사

개천이든 샛강이든 대하大河이든, 사람은 뱀 옆구리에 꽃
이 되어 사는구나.

제4부

물앙금

강의 언어는 동사로만 말을 한다

음운을 버린 묵음默音

초중종성 조합 없고

문자를 뛰어넘은 상징, 풍랑으로 새긴다

수식어를 두지 않는 명령형 종결어미

주어는 바로 당신

온 세상이 목적어라

불후의 신성문자神聖文字를 채갈 총총 썰었다

선사先史의 아우성과 발자국도 새긴 강물

한 필의 무한 사서無限史書

굴곡을 읽으려면

깊은 밤 눈과 귀 닫고 점자點字로 더듬으라

「강의 언어 독해법 – 낙동강.563」

허두가虛頭歌 - 물앙금 1

청사靑史에 아로새긴 유명有名 무명無名의 아리땁고 고운 님들. 도도한 물길 위에 반짝이는 저 은빛 금빛 윤슬 발자국은 한반도 굽이굽이 새겨진 역사의 푸른 증거라.

이름도 거룩한 두만강, 압록강, 대동강, 한강, 금강, 영산강, 섬진강, 낙동강…. 하늘 높고 물 맑은 아我 동방 금수강산에 아닌 밤중 봉창 두드리듯 빛바랜 흙탕물로 뒹구는 황사黃史의 물앙금 이야기가 웬 말씀이냐굽쇼?

기가 막힐 노릇이겠지만 우리 사는 강물에도 그 숱

강마을에 묻힌 서사

한 고비 있어 이웃 나라 흙탕물에 바다 먼 나라 흙탕물 까지 밀려오고 끌어들여 온 나라가 흙탕물로 많이도 일 렁거렸것다. 요러헌 시절이면 으레 흙탕물독사가 제 세상 만난 듯이 온 나라를 회를 쳤다는 소문들은 들어 알고 있는지?

선악과善惡果에 양두구육羊頭狗肉, 지킬박사와 하이드의 야누스 인간 세상이라. 무한 권력 휘두르며 죄 없는 참개 구리를 잡아먹는 이런 권력일랑을 사람들은 한 번쯤은 탐을 내지. 그리하여 누구에게 줄을 설까 어느 곳에 자 리 있나 요리조리 은근슬쩍 눈치 긁어 장강長江의 물머리 되겠노라고 헛구름을 잡아보기도 헌다더구먼.

그래도 어디 사람 양심이 그렇냐. 보통 사람들은 이 망상을 고래 심줄로 필자必字 결박 단단 묶어 죽어라 죽 어라고 집채만 한 돌덩이로 가슴 깊이 눌러 놓건만, 이놈 성정이 워낙 교활 영악해 천성으로 목이 굵고 어깨 굽 높은 숙주宿主를 만난 즉시 세상 밖으로 어절시구, 휑하 니 삐져나오는 악령이라.

그래도 저들끼리 그 소위 군신유의君臣有義는 알아 제

분수에 맞춰 이마에 왕王자 단 지상至上 권력과 장長자 단
하수 권력들이 피라미드로 모였구나. 때마침 시대는 바
야흐로 바이오 생명공학이라, 영악한 물독사들이 이 기
회를 놓칠소냐. 물어뜯기 최강자 하이에나 이빨 뽑고 변
신의 귀재 카멜레온 피부를 적출하여 이놈들 DNA를 반
반 섞어 게놈 구조 다시 배열하였구나.

얼씨구 기이하다, 떴다 보아라! 지상地上 지하地下 지면
紙面 화면畵面 전천후 나팔수 진화 동물인 카멜레나 탄생
하였나니. 오리무중五里霧中 대명천지大明天地에 홍보 효과
자동이라. 그 쇠사슬 볼작시면 천상천하 유일지존의 왕
王물독사, 일인지하 만인지상의 장長물독사, 더불어 숨결
맞춘 나팔 권력에 외눈박이 똥개구리 박수부대까지 두었
으니 어진 백성 참개구리는 피눈물을 흘렸구나.

아我 동방 금수강산 물 맑은 굽잇길을 너나없이 한데
얽어 동그랗게 살던 땅에, 오뉴월 엄동설한 계절 없는 흙
탕물로 벌겋게 소용돌아 청청한 풀잎네들 뻘물 속에 울
던 사연이여.

천지는 넓고 넓고 세월은 유수流水 같고 청산靑山은 말

이 없고 장강長江은 무심하니 만고의 흥망사를 어느 뉘

알리오. 허나, 불로초 찾는 길도 서시과처徐市過處 흔적 남

듯, 범 죽어 가죽 남고 사람은 이름 남아 청사靑史의 유방

백세流芳百世 낱낱이 기억할 제, 황사黃史의 유취만년遺臭萬年

잠신들 잊히리까.

홍청망청 풍진 세상 옛 기억은 아득한데 살을 저민

맑은 사연들 물속 앙금 되어 우리 기억에서 하릴없이 사

라지는 것이 너무나도 두려워라. 하여, 흙탕물 전설 찾아

가는 긴 강둑 첫 길목에 하염없이 홀로 서서 허두가虛頭歌

를 부르노라.

더질더질~

왕물독사 - 물앙금 2

맑은 강 허파를 어거지로 뒤집어엎어 누-런 두루마리
펼쳐 놓은 흙탕강 물앙금의 왕王물독사 얘기렷다.

황톳물 우중충한 강에 허구많은 물독사들. 세모 대
가리 살모사, 일곱 걸음 칠점사, 울긋불긋 유혈목이야 조
족지혈이요 킹코브라 방울뱀도 맥을 못 추는 지존至尊이
있으니 이름하여 왕물독사라.

아, 글쎄 찰랑찰랑 남실남실 태평성대의 아닌 밤중에
강물 뒤집을 요량으로 다리를 홀쩍 건너뛰어 어거지로

뺏은 봉황 무늬 의자에 앉은 이놈은 세상을 딱 청홍靑紅 두 색으로만 보는 이분법적二分法的 사시안斜視眼 아니것냐. 헌데도 이놈은 천문지리 달통達通 재주 머리속에 꽉 찼구나. 어진 백성 꿇어 놓고 '나는 생각한다 고로 권력 존재한다.'고 폭탄주 몇 잔 섞은 깍두기 머리 짜면 온갖 아이디어가 이렇게 꼭 휘몰이로 나오것다.

어진 백성 뜻을 모아 영광으로 모셔 놓은 남의 의자 뺏어 앉아 내 이마에 봉황새 새기기에서부터 시작하여 내 방귀에 제 시원한 아첨꾼 마름 모집, 노예 근성 제고를 위한 고난도 교재 개발, 내 몸에 딱 맞는 옷 전국민에 입혀 주기, 나팔수 확보 차원의 유전자 조작 연구, 떡방아도 찧지 않고 떡값 몽땅 챙겨가기, 참개구리 포획용의 첨단 무기 개량 사업, 기발한 제도 개혁에 병도 주고 약도 주는 수기, 홍단풍 수목원에 푸른 나무 색칠하기에 앗따, 이때 물감도 씨알 안 먹힐 양이면 그냥 전깃줄로 프르르 번쩍 칭칭 묶어 목욕재계 시킨 후에 쥐도 새도 모른 물통 속에 꾹꾹 눌러 넣고는, 아 글쎄 당나귄지 말인지 허리띤지 주먹으로 책상 한번 내려쳤다는구나.

오호, 통재라 가엾고 애닯도다. 하루는 스물하고도 네 시간 한 달은 서른 날을, 그 많은 참개구리들 남 모르게 골병 드나 구중심처 금줄 넘어 구경꾼 뉘 있으며 지상 지하 방공망에 알릴 방도가 어덯으리.

요러헌 세상 속에 소위 군위신강 삼강에다 군신유의 오륜까지 동방예의 대명천지 당신네들의 천국이라 무슨 근심 있으리요마는. 수수만년 흘러내린 강물 같은 세상은 참 묘妙- 해서 요순시절 도척 있고, 계유정란에 사육신 있고, 아방궁의 진시황도 여산 기슭에 묻혀 있고, 무쏠리니 히틀러도 비명에 떠났으니 하물며 아我 동방 선비지국이 어디 맑디맑은 도리샘 하나 없을쏘냐.

게다가 천하 만물도 한뜻 되어 낮일은 쥐가 보고 밤말은 새가 들어, 화무는 십일홍이요 초순 지나 중순 오고 보름 지나 그믐이라. 달도 차면 종내에는 상현上弦 하현下弦으로 제 목 치는 비수 되나니 이런 어거지가 십 년을 가것소 백 년을 가것소. 못 살겠다 갈아 보자 쇠붙이들 물렀거라, 참개구리 선창 아래 온갖 개구리들 넘어지고 자빠지고 눈알 빠지고 입 찢기면서도 울며 겨자 아니,

고춧가루물도 삼켰는데 까짓 최루탄 가루쯤이야 하고 합창으로 흙탕물 굴떡굴떡 몽땅 마셔 버렸것다.

이 물독사란 놈은 앞도 뒤도 깜깜한 흙탕물 속에서는 홍야홍야 구불구불 물결을 잘도 살랑살랑 타것지만 성정이 외눈박이 냉혈물이라 도대체 변신술이 궁한 놈이렷다. 바람보다 먼저 일어난 김수영의 '풀'에 불이 붙어 김지하가 '타는 목마름으로' 토해낸 '민주주의' 이름 넉 자 보는 순간 혈압이 상투 끝까지 치밀어 송곳니 와드드득 앙다물었것다. 여기에 더하여 김남주의 '피 묻은 심장의 칼'이 SNS 타고 우주로 날아올라 문병란의 '직녀에게' 소문 퍼지자 왕물독사 깨어진 독이빨 사이로 온갖 독버섯 씨앗 흘러나오것다. 갈황색미치광이버섯 검은띠말똥버섯 개나리광대버섯 군홧발독버섯 돈독버섯 권력독버섯 시멘트독버섯 색맹버섯 악취버섯 한도 끝도 없구나.

오호 애재라 요절복통 가소롭다. 북망산천 숱한 무덤들 다 제 할 말 있듯 저야말로 만고의 애국지자愛國之者라. 가노라 삼각산아 다시 보자 한강수야, 진양조로 읊조리다 말고 그냥 우직끈빳빳 제풀에 가라앉아 버려 황사黃史

에 굵게 새겨질 이름 석자만 둥둥 떠내려갔다는구나.

　　그런데 우리끼리 하는 말이니 잘 새겨 들으시소. 역사의 장강長江에는 맑고 푸른 물 아무리 굽이져도 그 밑바닥 찌꺼기는 앙금으로 딱 붙어 엎드렸으니께. 영악스런 이 짐승 언제 어디서 어떻게 대가리 쳐들지 알지 못하느니. 불 꺼졌다 방심 말고 강물 맑다 안심 말으시소.

장물독사 - 물앙금 3

본류에서 삐져나온 샛강 두루마리의 장長물독사 얘기렷다. 아我 명랑한 금수강산에 왕王물독사 한 마리가 홍수로 굴곡진 장강長江을 전국 방방곡곡 네트워크로 히를 치던 시설. 어쩔시구나 저들끼리 등 따시고 배 부르던 태평성대렷다. 나라에서 제일 큰 흙탕강에 이마에 왕王자 붙인 물독사가 봉황새 수틀 의자에 떡 허니 좌정합시니, 소의 머리가 못 되면 닭대가리라도 되어야 직성이 풀리는 것이 또 인간 심보 깊이 눌러 박힌 악령 곧 장長물독사라.

이때다 하옵시고 낙동강 한강 대동강, 만경샛강 김해샛강 의주샛강, 국회의사당 정부청사 법원청사 검찰청사, 대청천 중청천 소청천, 봇도랑 개골창 시궁창에까지 크고 작은 물독사들이 제 각기 소임대로 이마에 굵고 가는 장長자 달고 제 몸에 맞는 숙주를 찾아 우르르르르르 몰려나오는 것이 아니것냐.

이놈들은 그 소위 일인지하一人之下 수만지상數萬之上에서 기십지상幾十之上의 우두머리들이라. 그 행동 지침에 따른 필수과목이야 만고에 불변이것지만 선택과목은 각기 소임에 따라 다르렷다.

먼저 이놈들 필수과목부터 살펴볼작시면 상전독사上典毒蛇 앞에서는 무조건 고개 어깨 허리 미리미리 꺾고 알아서 기기와 약한 놈 앞에서는 콧대 목대 울대 빳빳 세우고 눈알 부라리기라.

글쎄 이놈들도 제가 섬기는 왕물독사 발등 찍는 능력 있어 긴급전문 지시사항들은 완전학습 열린학습 개별학습 눈치코치로 어서 빨리 마스터하고는 각기 제 모자

     강마을에 묻힌 서사

크기에 맞게 별의별 창의적 발상이 이와 같이 공사판에
돈자갈 쏟아지듯 하것다.

　방앗간 기웃거려 떡값 왕창 떼어내어 상전 앞에 쬐끔
놓고 저는 안 챙긴 척하기, 귀걸이든 코걸이든 내 맘대로
해석하기, 안 밴 애 낳으라고 콧구멍에 고춧물 붓기, 약
한 줄로 그물 엮되 구멍은 촘촘히 짜기, 개 같이 돈을 벌
어 개보다 못하게 쓰기, 니편 내편 갈라 놓고 니편만 때
려잡기, 마음보 하얀 놈의 똥구녕 파헤치기, 내 맘에 안
드는 놈 책상 걸상 들어내기, 능력 있는 부하직원 무임소
배정하기에다 겨 먹은 개 나무라기, 간에 붙고 염통에 붙
기, 불 땐 굴뚝 연기 덮기, 콩 심어 놓고 팥 거두기에 오
리발 내어놓고 꼬꼬댁꼬꼬 울면서도 얼굴 하나 안 붉히
는구나.

　사정이 이러허니 뻘물 뒤집어 쓴 풀잎 백성이 어디
하룬들 숨쉬고 살 수 있으리요마는, 허나 세상만사 어찌
하랴. 참개구리 선창先唱 아래 넘어지고 자빠지면서 장
강의 흙탕물에 최루탄 가루를 말아 굴떡굴떡 몽땅 마셔
버리자 왕물독사 호위하던 쇠붙이들 와지끈 부러져 버렸

구나.

밑둥 썩어 나자빠지는데 어디 가지가 하늘 향해 팔 뻗고 섰을 수가 있것냐. 대신大臣 집 송아지놈 백정 무서운 줄 모르고 날뛰듯 하면서 가을 겨울 다 지나고 초봄꺼정은 강시처럼 꺼칠꺼칠하게 앙달라붙어 버티더니 봄비 촉촉 적시는 사월은 가장 잔인한 달 아니더냐. 그 유명한 엘리어트T.S. Eliot가 말했듯이 춥고 추운 겨울은 굵고 가는 독사들을 오히려 따듯하게 하였더라만 봄바람 청풍강에 왕물독사 우직빳빳 졸卒하시자마자 더 붙어 있을 자리 없어 가슴 탕탕 발 동동 구르며 제 풀에 우수수 수수수수 떨어져버렸것다.

푸른 물결 유유하던 강물에 황토 물길 거칠게 꿀렁이던 전국 방방곡곡의 굵고 가는 장물독사들이 열 길 물속 진흙탕 바닥에 꼭꼭 숨었구나. 이놈들이 그동안 숱하게 잡아잡수신 닭발이 강물 위에 동동 떴는데도 저는 오리라고 오리라고 끝까지 우겨대며, 시절이 하수상하면 다시 한번 또 오리라 읊으면서 물앙금으로 눌러붙어 누런 샛강 물줄기 찾아 사시탐탐蛇視耽耽 곁눈질하고 있다는구나.

 강마을에 묻힌 서사

카멜레나 - 물앙금 4

황톳빛 장강長江 속의 카멜레나Chamelena 얘기렷다. 카멜레나란 무엇인고. 카멜레온과 하이에나를 조합한 형질변경 DNA라. 소문 들어 알다시피 이놈들의 원주는 이웃 나라 그 소위 가당찮은 천황 물독사가 평생 홍보 나팔수로 삼을 요량으로 연구 솜씨를 시험삼아 발휘해 본 중등 동물中等動物 수준의 초보적 물생物生이었것다. 이놈이 인간 게놈genome 속에 끼어 있는 자동변신성 유전자에 폭력본능성 유전자의 재조합을 이루더니 그래 카멜레나라는 기괴한 놈이 하나 튀어나와 뿌렸는데 이게 의외의 효과를 보아 일거양득하였것다.

오호 쾌재라. 한반도를 가로세로 질러가서 만주로 태평양으로 만만세를 불러대던 어거지 세상 하늘에 불덩이 두 알 떨어져 천지개벽 올 줄이야. 덕분에 광명 세상 이 땅에도 다재다능 우리 민족 불후不朽의 명장 솜씨를 발휘할 기회를 잡았구나.

황톳물 가라앉아 다시 찾은 한반도 청청한 강물이라. 천지만물 지은 것은 조물造物의 뜻이 있고, 우리 아이 태어날 적 삼신할매 점지 있고, 씨 없는 수박에는 먹기 좋은 친절 있고, 복제동물 만든 데는 질병 고칠 인술仁術 있고, 좋은 제도 만든 데는 인심 후한 세상 있어 순풍에 돛단 듯 쌍기러기 날개 편 듯 세월은 그저 아지랑이 자욱한 봄날 같은지라.

이와 같은 화평 천지에 참으로 맹랑한 일이 하나 있으니 말 잘하고 글 잘 쓰는 명물이 무한 곡필曲筆 휘갈기며 시궁창과 강물 사이를 들락날락 날락들락 뛰면서 강물아 뒤집혀라, 시위야 내려라고 쌍나팔을 불고 발광을

 강마을에 묻힌 서사

하는구나.

원통절통이로다. 천지개벽 이후에도 즈거들 태평성대의 후유증을 좋이 물려받은 세월이 다시 오게 되어 카멜레나 부활의 황토강이 되었구나. 돌이켜보면 그 원조 카멜레나야말로 참으로 손재주 좋은 이웃 나라 왕물독사의 성공한 피조물이 아니던가. 이웃 나라 물독사가 고꾸라지던 늦여름 홍수 때 일인데다 애초부터 외제 유전자에 의한 외제 기술이 포함된 다국적 피조물이 쌍나팔 귀족으로 자동 귀화한 놈이렷다. 그래서 이놈은 천세만세 절대 물앙금으로 눌리지 않는 재주 있어 영원한 황토강의 현역가왕이라.

우리 한반도에 부활한 후기 왕물독사의 취향에 맞게 붓 달린 쌍나팔로 지체 진화를 거듭하여 스스로 옥수수 튀밥 기계에 쏙 들어가설랑은 - '눈귀코입 막으소, 터지요오.~' 하고는 그냥 뻥! 튀겨 버렸으니.

속도가 돈인 세상, 세월에 앞서가서 랜덤random한 딥러닝Deep Learning으로 신경망 확장하여 그 소위 업그레이드upgrade 되니 카멜레나의 자체 진화에는 맹랑한 각종 시스템이 자동 또는 타동으로 장착되어 이게 과연 절세의 명물이라 어찌 망할래야 망할 수가 있것느냐. 애시당초의 '이 몸이 태평하옴도 역군은亦君恩이샷다.'고 나팔 부는 기본 기능에다 님 향한 일편단심이야 가실 줄이 이시랴며 기왕既往 물독사에 만고 충절지키기 기능이 재충전되더니 앗따, 이때부터 수준 높게 자가 발전하여 첨단 시대에 걸맞게끔시리 별의별 기능이 이러하게 오토업데이트auto-update 되었것다.

그리하야 이놈이 어느새 고등동물이 되어뿌렀고, 새끼 카멜레나도 각종 유사 제품들로 끊임없이 핵분열 통합시켰구나. 주요기능으로는 강물 맑기 농도 따른 자동 변신 기능 장착, 강자 약자 내편 니편 첨단 구분 기능 장착, 내편 아닌 약한 놈 자동 공격 기능 장착, 쓰러지고 자빠진 놈 재공격 기능 장착, 참개구리 종족들 초토화 회로 기능 장착, 내 잘못 과거지사 절대 망각 기능 장착, 니 잘못 쬐끄만 일도 먼지 털고 까뒤집고 뒤틀고 비틀고 외로 틀고 모로 틀고 부풀리고 그래도 직성 안 풀리면 에라, 아니면 그만이지 뭐, 인공지능 장착으로 소설 짓기 기능까지 마스트하지 않았것냐.

　카멜레나의 행동지침으로는 내 눈으로 못 본 일도 지시대로 떠들기에다 남들이 믿든 말든 내 노래로 읊어대기라. 여기에다 가재가 게를 물면 만고의 천륜에 어긋나니 카멜레나끼리 공격 절대 엄금 기억장치를 이중삼중으로 채웠구나. 그래도 혹시나 저그들이 만든 이 험난한 돈판 세상살이에 자생능력 떨어질까 보아 보조장치로 땅 장사 건물 장사 문어발 몇 개를 이식하여 업종 겸용 기능까지 장착하였것다.

　아, 이렇게 천의무봉天衣無縫스럽게 변신력, 적응력, 번식력에다 권력, 재물 수집력까지 다재다능하게 발휘하면서 연년세세 세세년년 승승장구 호의호식 자자손손 만만대를 부귀영화 누리게 되니 이 아니 좋은 세상인가.

　두억시니 굿판이 점입가경이라. 지역 따라 색깔 따라 온갖 재미있고 고소한 먹이감을 대서특필 고성방가로 전국적 네트워크를 동원하여 총천연색으로 와글와글 휘날리며 벌이는 일도 이제는 싱거운 노릇. 간도 배 밖으로 기어나와 물독사님의 무병장수가 곧 나의 영달이라던 일

넘도 웃기는 말씀의 과거지사 아니랴.

천상천하 유아독존 기고만장이라. 시절 따라 세월 따라 물독사 없는 강물에 까짓 니가 잘나 일색이더냐 내가 잘나 명물 되어 영생불사永生不死 초영장류로의 진화를 이룩했다고 선언하고설랑, 잠시 귀 좀 빌리세 - 이 중 어떤 놈들은 자칭 어둠 속 제왕이라고 한다는 소문은 들었는지?

강마을에 묻힌 서사

똥개구리 - 물앙금 5

푸른 물 굽이지는 장강에 황톳물로 첨벙대는 똥개구리 얘기렷다. 이놈들은 선천적으로 자가 진단 불능의 고장난 회로가 장착된 태생적 업보라, 눈먼 중 갈밭 헤매듯 잔치판을 벌이는구나.

이 무슨 잔치런고. 천인혈 만성고天人血萬姓膏의 주지육림 펼쳐 놓고 누상樓上에서 서로 만나 주인님 예를 차려 절을 하고 앉은 후에 낭자한 삼현육각三絃六角 떵더꿍 소리 나고 선녀 같은 기생들이 손끝에 검무 출제 나는 티

끌 고요하고 가는 구름 머무르는, 남원골 변사또 제 목
달아나는 생신 잔치가 아니더라.

그 놀이판 볼작시면 고성방가 대서특필로 흙탕물 뿌
리개의 초영장류로 진화한 카멜레나가 팔도 금수강산에
좌악 깔아 놓은 거국적 네트워크를 동원하여 정치면, 경
제면, 사회면, 문화면, 체육면, 상업면과 광고면에 이르기
까지 지역, 색깔, 계급, 당파黨派에 따른 각종 먹거리들 총
천연색으로 차려 놓은 곳에 생각 이념 정신 영혼이 말라
붙은 똥개구리들 떼로 모여들어 두억시니 굿판을 벌이는
구나.

똥인지 된장인지 먹어보고도 구분 못하는 이 똥개구
리들은 카멜레나가 던져준 똥물 계속 마시고는 후천성
면역결핍증까지 쌍사슬고리로 묶였것다. 이러구러 카멜
레나와 함께 뒹굴다 보니 DNA가 자의반 타의반으로 형
질변경되어 버린 놈이 아니것냐.

두 눈알만 똥그랄 뿐 외눈박이 사시안으로 제 늪에
폴짝거리는 우물 안 생명체라. 이 무리 대부분은 제 밥
먹고 제 똥 누면서 밑둥 불탄 부지깽이도 나라 위한 동량

　　　강마을에 묻힌 서사

재라고 온몸으로 떠받드는 오매불망 골수들이라. 이중에는 카멜레나 회로에 스스로 각종 칩으로 끼어들어와 임과 함께 하는 무병장수에 기여하겠노라고 건강부회 일필휘지로 온갖 능력 발휘하며 날뛰는 스피커도 있고, 카멜레나가 던져주는 똥물 섞인 먹잇감을 길 잘 든 강아지처럼 그냥 덥석 받아 와글와글 개골개골 시나리오대로 떠들어대는 쌍나팔도 있으렷다.

애국적 깃발 들고 꿸과리를 두드리는 이놈들 하는 짓들은 아주 간단명료하니 이 곧 카멜레나 빛깔 따라 굿들은 무당처럼 신이 나서 꼭두각시놀음 놀기라. 매양 임 따라 거름 지고 장에 가기, 망둥이 따라 높이뛰기나 하면서 내 입맛만 골라 먹고 내 눈맛만 골라 보고 내 귀맛만 골라 들어 내 혓바닥 맛대로만 지껄이는구나.

무지몽매한 이 똥개구리들은 저들끼리 천생연분이 찰떡궁합이라. 폭탄주에 합환주合歡酒를 곁들이고 야합가野合歌를 부르면서 잔치판의 흥을 이러하게 북돋우것다. 사랑사랑 사랑이야, 우리끼리만 사랑이야. 만고박색萬古薄色 다 헤어도 우리 궁합 같겠는가. 이리 보고 저리 보아도 네 얼굴이 무조건 곱고 이리 들고 저리 들어도 네 목소리만 참말이네. 사랑사랑 사랑이야, 우리 연분 굳게 이어 니편 몽땅 빼버리고 내편 끼리끼리 뭉쳐 백년해로 하여보자.

어절시구 좋구나. 똥은 말라도 구린내가 나는 본색이라지마는 이 똥개구리는 겉으로는 허위대로 보나 이마에 새겨 있는 글자 크기로 보나 제법 고매하게 폼을 재거든. 허나 굵게 든 뱀이 당연히 길듯이 그럴듯하게시리 보이지마는 시퍼런 강물 이야기만 나오면 단 3초만에 황토 본색 드러내어야 직성이 풀리는 접시 물같이 얕은 소갈머리라.

TV 라디오 신문사야 필수 현장, 내튜브 너튜브 카톡방은 선택사양, 다방 복덕방 식당 경로당에 이 골목 저 골목 지형지물 상관 없이 불멸의 카멜레나 소리 나는 방향 따라 천방지방하면서 형상기억합금形狀記憶合金의 제 생각만이 마냥 동그랑땡이로구나.

 강마을에 묻힌 서사

참개구리 - 물앙금 6

뒤집혀진 맑은 강에 흙탕물 요동칠 때, 오뉴월 살얼음에 알몸으로 거슬러 간 참개구리 얘기라오. 아, 글쎄 그 시절 물독사, 카멜레나, 똥개구리의 완벽한 삼위일체가 되어 악령이 온 누리에 충만한 즈그들의 태평성대라. 바야흐로 흘러내리는 누우런 물길의 텅 빈 강둑에 선선한 강바람 설렁설렁 부는 초여름 어스름 저녁의 중몰이 장단 같던 시절이 아니었것냐.

삼신할매 음덕으로 이 땅에 태어나서 부모님 은덕으

로 형설지공 쌓은 공부 어디 허투루 쓰것는가. 익힌 대로 배운 대로 말께나 하는 분들 혓바닥 뽑혀나고, 글께나 쓰는 양반 손가락 동강나고, 노래께나 부르는 이들 아가리 찢어지고, 그림께나 그리는 장인 손목댕이 잘려나고, 춤께나 추는 청춘 발모가지 토막 난 채로, 그렇지 떴다 보아라. 저 둥근 태양의 대명천지에도 오호, 애재哀哉라. 다들 소리 소문 없이 사그라져 버려도 쥐는 눈치채고 새는 코치채던 그 시절 이야기야 발은 없어도 말발굽 소리에 섞인 입입 입소문으로 은근슬쩍 들은 바가 황토 강변 모래알만큼이나 많으렸다.

허니 광명천지 태양 등진 흙탕물 속의 한 방울 석간수 같은 참개구리들의 뭉개지고 찢어진 피의 사연들이야 어디 만고에 잊혀질 리야 있것는가.

이웃 이별 친척 이별 애인 이별 친구 이별의 사연일랑은 지극히 호사스런 이야기라 그냥 접어두자. 피붙이 안고 있는 부부간의 생살 찢긴 사연들은 이내 마음 아프기는 하지만 너무 흔한 얘기들이라 또 잠시 묻어두기로 하자. 온 동네 소문났던 똑똑한 자식 하나를 그 많은 청산

 강마을에 묻힌 서사

靑山 두고 앙가슴에 꼭꼭 묻어 잔디 뿌리 내리기 영영 글러버린 사연들은…. 아아, 속살 태운 하얀 재로 겹겹 눌러 덮은 마른 가슴에 또 피눈물 솟구칠까 차마 말 못하것구나.

이미 지나간 하고 많은 아픈 사연들이사 어차피 쏟아놓은 쌀이 되고 엎질러진 물이려니. 속살속살 까뒤집어 마른 피를 토한들 무슨 소용 있으리까.

해서 자칭自稱, 그리고 즈거들끼리 타칭他稱 하늘을 우러러 한 점 부끄럼 없다고, 절대로 없다고 우기던, 정말로 검사檢事스러운, 너무나도 검사스러운 어느 환생還生 장물 독사가 엮어낸 인류사 빛나는 보기 드문 감동적 사연 있다는 소문 자르르하더구나. 그리하여 2003. 3. 13. 〈오마이뉴스〉의 체험 기사 하나 가븨엽게 찾았노라.

"수사관들이 남부지청 지하로 나를 끌고 갔다. 그곳은 주차장처럼 넓은 곳이었는데, 양동이와 주전자도 여러 개 눈에 띄었다. 형사들이 두 손을 뒤로 돌려 수갑을 채우고는 빗자루를 중간에 걸어 대롱대롱 매달았다. 그리고 물수건을 두른 다음, 주전자로 물을 부었다. '맞냐, 아니냐'고 묻는데 '맞으면 발가락을 까딱까딱하라'고 명령했다. 소위 '통닭구이'라는 고문이 그것이었다. 수사관들은 맛이 좀 약한 모양이라면서 고춧가루까지 부었다."

그 무지막지한 물독사 육법전서에서는 왕방울올빼미 눈으로도 죄명을 찾을 길 없어 '무혐의'란 딱지 붙인 싱거운 녀석에게도 20여일 동안 이런 기발하고도 융숭한 대접을 손수 해 주시옵고, 게다가 제 발로 걸어나오게까지 해 주셨사오니. 얼시구 절시구나. 이 어찌 좌청룡우백호 조상 음덕에 천행으로 얻어진 가문의 경사가 아니었겠느냐.

"음침하고 지옥 같았던 남영동 대공분실에서 나와 검찰청을 향하면서 자동차 소리와 시끌시끌한 사람들의 소리를 들으면서 나는 '이제 살았구나'하는 홀가분한 해방감을 느꼈습니다. 그리고 며칠 후 검사님은 검사실에서 어머니와 만날 수 있도록 자리를 마련해 주었습니다. 따끈한 설렁탕도 배달해 주었습니다. 어머니의 눈물이 쏟

 강마을에 묻힌 서사

아지는 설렁탕을 뻘게지는 눈물로 퍼먹었습니다. 꿋꿋해
보이려고 어머니의 손을 부여잡고 눈물로 범벅이 된 설렁
탕을 꾸역꾸역 다 먹었습니다. 그리고 그 자리를 마련해
준 검사님의 호의를 고맙게 간직했습니다."

전후좌우 구구절절한 피치 못할 사연을랑 몽땅 무시
하고 생사람 때려잡는 별의별 기술 다 개발하여 듣도 보
도 못한 병만 처발리던 호시절에 그래도 이런 약 한 알 얻
어먹기가 얼마나 황송한 일이었더냐. 온 누리에 칭송 자자
하옵신 저 장물독사 이승사자님의 감동어린 인정머리야
말로 국가적 역사적으로 지극히도 보기 드문 은전恩典이
었으니, 황사黃史에 길이 빛날 눈물겨운 자비가 아니것냐.

맑은 하늘 아래 푸르른 물길로 굽이지는 도도한 강물
이여. 깊고 깊은 강바닥에 물앙금으로 가라앉지 않고 햇
빛에 반짝이는 저 유리 조각 윤슬은 기나긴 물독사 역사
에서 참개구리 눈물방울로 새겨진 아픈 상처의 생생한
흉터이려니….

더질더질~